KB062448

로크미디어가
유혹하는
재미있는 세상

이것이 날이다

이것이 법이다 21

2017년 4월 3일 초판 1쇄 인쇄
2017년 4월 6일 초판 1쇄 발행

지은이 자카예프
발행인 이종주

기획 팀 이기헌 송윤성 왕소현
책임 편집 최전경

발행처 (주)로크미디어
출판등록 2003년 3월 24일
주소 서울시 마포구 성암로 330 DMC첨단산업센터 3층 314호
Tel (02)3273-5135 Fax (02)3273-5134
홈페이지 rokmedia.com E-mail rokmedia@empas.com

값 8,000원

ISBN 979-11-6130-242-3 (21권)
ISBN 979-11-255-9575-5 04810 (세트)

이것이 법이다

21

자카예프 장편소설

ROK
MEDIA

로크미디어

CONTENTS

행운의 여신?

"뭐라고!"

김두필은 보고받고는 깜짝 놀랐다.

"노형진 그 새끼가 안 보여?"

"네."

"큭."

성화는 노형진의 일거수일투족을 예민하게 받아들이고 있었다. 그래서 예민한 문제가 있을 때면 노형진을 감시하는 사람을 따로 붙이고는 했다.

물론 매일같이 따라다니면 문제가 되기 때문에 그가 어느 쪽으로 움직이는지 동선을 확인하는 정도가 다였다. 그런데 그런 그에게서 생각지도 못한 보고가 올라왔다.

"보고에 따르면 며칠간 집에 들어온 흔적이 없다고 합니다."

"호텔 같은 곳에서 자는 거 아니야?"

"그동안 노형진의 행적을 봐서는 그럴 가능성은 거의 낮다고 보입니다."

"이런 미친……."

만나는 여자도 없고, 그렇다고 여자를 끼고 노는 술집에도 관심이 없다. 그렇다 보니 그는 보통 집과 회사를 번갈아 다니는 단순한 삶을 산다.

"그런데 안 들어왔다고?"

"네."

"혹시 관련된 정보가 있나? 그 녀석이 무슨 사건을 담당하고 있는지 말이야."

"그런 건 없습니다만……."

성화는 몇 번이나 새론 내부에 스파이를 넣으려고 했다. 하지만 어떻게 알았는지 하나같이 걸려서 쫓겨났기 때문에 스파이를 넣을 수가 없었다.

"다만 얼마 전에 노형진이 유민택을 만났다는 이야기가 있습니다."

"유민택을?"

"네."

하지만 새론 말고도 다른 곳에 스파이를 넣을 수 있었는데 그중 하나가 바로 대룡이었다. 물론 주요 핵심 부서에 넣지는 못하고 경비원을 넣은 정도지만 말이다. 하지만 누가 오는지 확인 정도는 할 수 있었다.

"단순한 만남인가?"

"그건 알 수 없습니다."

"젠장."

유민택과 노형진의 만남. 그건 성화로서는 심각한 문제다. 그 둘이 만날 때마다 성화에는 날벼락 같은 일이 떨어졌다.

"대룡의 반응은?"

"없습니다."

"그럼 최소한 어떤 업종에서 진출하려는 낌새도 없나?"

"네."

"끄응……."

대룡에 다른 업종에 진출하려는 모습이 안 보인다는 것은 사업은 아니라는 소리다.

'뭐지……? 그럼 그 녀석들이 만날 이유가…….'

물론 단순히 친목 차원에서 만난 것일 수도 있다. 하지만 그렇다고 무시하기에는 그동안 그 둘이 만났을 때 벌어진 일이 너무나 많았다.

'설마…….'

자신들이 벌이고 있는 일을 생각한 김두필은 오싹한 기분이 들었다.

'설마 그럴 리가.'

그건 자신을 비롯해서 극히 일부만 알고 있는 사항이다. 거기에 투입된 사람들도 극히 일부이고 그들은 자신들이 철저하게 믿을 수 있는 사람이다. 흔적 따위는 남을 수 없다.

'하지만……'

그러나 대룡의 정보 능력은 생각보다 뛰어난 것도 사실이고, 특히 노형진의 정보 능력은 도대체 어떻게 알았는지 알수 없는 것조차도 알아내는 경우가 있었다.

"당장 가족들 모두 들어오라고 해. 오늘 저녁에 이야기를 좀 해 봐야겠어."

"모두 다요?"

"그래. 뭔가 꺼림칙해."

"알겠습니다."

비서는 서둘러 나가서 연락하기 시작했고, 김두필은 홀로 남아서 지그시 아랫입술을 깨물었다.

'또다시 당할 수는 없어……'

⚖️

"무슨 일이야?"

"우리가 이렇게 만날 일은 별로 없지 않아?"

김두필의 집에 모인 사람들.

대룡과 성화의 전쟁의 발단인 김화자 그리고 다른 동생들인 김두성과 김두만.

　모두 성화의 주요 멤버였다.

　"짜증 나게 말이지. 이놈의 집구석."

　"이놈의 집구석을 이렇게 만든 건 너다, 화자야."

　"그딴 이야기가 왜 나와!"

　"네가 제대로 일을 안 했으니까 상황이 이렇게 된 거 아냐?"

　"그러는 넌 얼마나 잘났는데? 요즘 영화 쪽이랑 엔터테인먼트 쪽을 완전 말아먹는다며!"

　"너? 지금 오빠한테 너라고 했냐?"

　"오빠는 무슨 한 살 차이 주제에."

　"이게 개념을 어디 팔아먹고!"

　발끈하는 형제들을 보고 있던 김두필은 그들에게 화를 버럭 냈다.

　"그만! 지금 중요한 건 우리 내분이 아니다."

　"끄응……."

　"그래, 진정들 해라."

　둘째인 김두성이 그들을 진정시키자 그들은 마지못해서 자리에 앉았다.

　"도대체 왜 모이자고 한 건데?"

　"모여서 뭘 할 만큼 우리가 사이좋은 것도 아니잖아?"

　점점 싸움이 커져 가면서 내부적으로도 문제가 생기기 시작했다. 노형진 때문에 피해가 커지고 피해를 본 형제들끼리

지분을 가지고 싸우기 시작한 것이다.

김화자는 자신이 하던 건강식품 쪽에 타격을 많이 입었고, 두만은 엔터테인먼트 쪽을 야금야금 빼앗기고 있는 상황이었다.

두필의 경우는 지난번 디자인 문제로 인해서 엄청난 양의 물건을 새로 만들어야 했고, 또한 손해배상도 엄청나게 해야 했다.

그리고 성화물산의 경우 노형진 때문에 대룡에 군납을 빼앗기면서 사상 최악의 적자 상태였다.

그래서 서로 이권을 가지고 싸우면서 돌이킬 수 없을 정도로 사이가 나빠졌다.

"도대체 뭔데?"

"맞아. 이 오밤중에 우리를 부른 이유가 있을 거 아냐?"

김화자와 김두만이 툴툴거리자 김두필은 그들을 바라보면서 천천히 입을 열었다.

"노형진이 움직였다."

"뭐라고?"

노형진이라는 말에 반사적으로 움찔하는 사람들.

그럴 수밖에 없다. 이곳에 있는 사람 중에서 노형진에게 당하지 않은 사람이 없기 때문이다.

"그게 무슨 말이야, 노형진이 움직이다니?"

"그 녀석 때문에 제대로 하는 것도 없는데 그 녀석이 왜 움직여?"

"대룡에 무슨 컨설턴트라도 해 준다는 거야? 하지만 대룡에서 무슨 새로운 사업을 해 보려는 움직임은 없던데?"

다들 노형진이 움직였다는 말에 갸웃하면서도 한편으로는 그 이유를 추론하기 위해 열심히 머리를 굴렸다.

그때 그중에서 둘째인 김두성은 감이 온다는 듯 얼굴을 찡그렸다.

"설마 명품 브랜드 때문에?"

김화자의 얼굴색이 변했다. 현재 그 책임은 모두 김화자가 지고 있었기 때문이다.

"그게 무슨 소리야? 그걸 그 녀석이 어떻게 알아!"

"화자, 너 혹시 실수한 거 아냐?"

"내가 너 같은 바보인 줄 아냐?"

김두만에게 화를 버럭 내는 김화자.

김두만이 욱해서 뭐라고 하려는 찰나, 김두성이 그런 그들을 말렸다.

"그만해. 지금 노형진이 움직였는데 우리끼리 싸울 때야? 지금 있는 것마저도 다 빼앗길래?"

"끄응……."

결국 입을 다무는 두 사람.

"화자야, 진짜로 실수한 거 없어?"

"전혀 없어. 우리가 끼어 있다는 사실을 아는 것은 최측근

몇 명뿐이라고. 혹시 다른 사건으로 움직이고 있는 거 아냐?"

"그럴 가능성도 있는데 그 녀석이 유민택을 만났다고 하니 조심스러울 수밖에."

"유민택 그 새끼를?"

김화자는 한때 남편이었던 유민택을 새끼라고 부르면서 이를 박박 갈았다. 그 녀석이 아니었다면 아마도 지금쯤 대룡은 성화에게 흡수당했을 것이다.

"그래. 그리고 변호사는 국내에서나 힘을 쓰지, 다른 나라에서는 자격증이 아무런 소용이 없어서 힘을 못 써. 그런데 그 녀석은 해외에 있는 것 같더군."

"해외?"

"조사한 바로는 스위스에서 프랑스로 넘어간 것 같더군."

김화자의 얼굴은 사색이 되기 시작했다.

자신들이 밀고 있는 브랜드는 두 가지다. 하나는 명품 시계 라인으로 남성 명품을 대표하는 지오나코, 다른 하나는 여성 명품 라인인 빈센코.

"쌍! 도대체 어떻게 안 거야?"

"그러니까 너한테 물어보는 거다. 혹시나 우리 정보가 새어 나갈 곳은 없어?"

"그게…… 모르겠어."

의심이라는 것은 끝이 없다. 정보가 새어 나갈 곳이 없다고 생각하고 있었지만 대룡과 접촉한 노형진이 하필이면 각 브랜드의 국가로 나갔다는 것이 영 찝찝했다.

"형님, 일단은 정보가 새어 나갔다고 생각하는 게 좋을 것 같습니다."

"그렇겠지."

김두성의 말에 김두필은 고개를 끄덕거렸다.

"이건 새어 나갔다고 봐야 해."

"그럼 어쩌지?"

사실 지금 이들이 하는 행동은 명백하게 사기다. 하지만 그럴 만큼 돈이 필요한 일이 있기 때문에 엄청난 사기를 치는 것이다.

"음……."

김두필은 조용히 침묵을 지켰다.

"아직도 많이 부족하지?"

"그래. 이게 보통 건수야?"

"그건 그렇지……."

그냥 건수가 아니다. 제대로 넘어간다면 확 떨어진 재계 서열에서 뒤집을 수 있는 건수다. 하지만 그만큼 돈이 많이 들어간다.

"그냥 우리 돈으로 하면 안 될까? 아무리 우리가 순위가 떨어졌다고 해도 그 정도 자산을 못 쓸 정도는 아니잖아?"

"안 돼. 우리 자산을 쓰는 순간 대룡에서 알아차려."

그러면 어떻게든 자신들이 집어삼키려고 할 것이다. 설사 못 삼킨다고 해도 최소한 성화에서 들어가지 못하게 손쓸 것이다.

"문제는 우리가 대룡과 그걸로 부딪히게 된다면 대룡을 이와기지 못한다는 거야."

공동으로 들어가게 되면 그들이 대룡보다 더 불리한 것이 사실이다. 그러니 그들이 알아차리기 전에 들어가야 한다.

"그래서 우리가 몰래 자금을 확보하기 위해서 이러는 거고. 이건 우리 사운을 걸고 하는 거다."

"칫, 이 책임자는 나라고."

"그러니까 하는 말이야. 네가 도대체 어떻게 관리했기에 노형진의 귀에 들어간 거야?"

"……."

김두필의 말에 김화자는 아무런 말도 못 했다.

어찌 되었건 그는 가장 많은 주식을 가진 장남이고 또 그의 말이 틀린 것도 아니니까.

"그나마 다행인 것은 그들의 행동을 봐서는 그에 대해서는 잘 모르고 있다고 봐야 한다는 거야. 아마도 명품 쪽이 우리와 관련이 있다는 정도만 알아낸 것 같다."

"그럼 지금 손을 털어야 하나?"

"안 돼. 거기에 들어가기 위해서는 현금이 무척이나 중요한데 지금은 부족해. 그리고 지금 와서 털면 무슨 일이 벌어지겠냐?"

"끄응……."

자신도 모르게 신음 소리를 내는 김두만.

김두필의 말대로 지금 철수한다는 것은 자신들이 사기를 쳤다는 것을 인정한다는 뜻이었다.

"어쩌지?"

"어쩌긴……."

김두필은 조용히 침묵을 지켰다.

"처리해야지."

"처리?"

"그래. 그들은 지금 중국에 있다."

모두들 눈이 반짝거렸다.

중국. 세계의 공장이라 불리는, 자신들의 공장이 있는 곳이지만 또한 사람 목숨이 파리만도 못한 나라이기도 하다.

"처리라……."

"그래, 어차피 그 녀석들만 처리하면 되니까."

"……."

지금까지 여러 가지 이유로 노형진을 처리하고 싶다고 생각한 적은 있었다. 하지만 지금 상황이라면 그를 없애는 것은 어려운 일이 아니다. 중국에는 적당히 돈만 주면 사람을 죽여 주는 사람이 많으니까.

"걸리지 않겠어?"

"걸릴 리 없지. 우리는 전혀 관련이 없는 일이니까."

김두필은 차가운 눈빛으로 중얼거렸다.

"가문을 위해서라도 한 번은 정리해야 할지도 몰라."

그들은 그렇게 속으로 결심을 굳혔다.

"으……."

공항을 내린 노형진을 맞이한 것은 사람이 아니라 공해였다.

"죽겠구만."

"중국의 미세 먼지, 미세 먼지 하더니 이건…… 우우우."

노형진과 김성식은 앞이 보이지 않을 정도로 뿌연 도시를 보면서 혀를 내둘렀다.

"이런 게 한국으로 오니 죽을 맛이지."

"그러게요."

한겨울이다. 중국에는 아직 석탄이나 나무를 때는 집이 많다. 더군다나 오래된 차들이 많아서 매연도 엄청나게 나온다. 그렇다 보니 아무래도 이 겨울만 되면 이 모든 게 뒤섞이면서 숨을 쉬지 못할 정도로 공기가 탁해진다.

"이런 곳에 있을까?"

"그들에게 필요한 건 직원의 건강이 아니라 낮은 원가니까요."

"끄응……."

스위스와 프랑스를 다녀온 노형진은 그곳에서 한 가지 사실을 알았다. 성화가 그곳 브랜드의 이름을 빌려서 중국에서 물건을 만들어 납품한다는 것이다.

스위스의 경우에는 가문의 이름보다는 개인의 이름을 빌려서 마치 가문인 것처럼 표현하는 방법을 썼고, 프랑스의 경우에는 오래된 중소기업의 명의를 빌려서 마치 명품인 것처럼 포장했다.

"일단은 공장을 찾는 것이 중요할 것 같습니다."

"하지만 무슨 수로? 중국의 다른 이름이 세계의 공장이라는 거 알지 않나?"

"대충은 알아 왔습니다."

"대충?"

"네."

직원의 기억을 읽었기 때문에 대략적인 위치는 알 수 있었다. 문제는 그 자세한 주소가 나오지 않았다는 것.

"자네 정보 라인은 도대체 어디까지 가 있는 건가?"

"뭐, 제법 넓은 편이죠."

노형진은 씩 웃으면서 말했다.

"일단은 예약한 호텔로 가죠."

"그러세."

노형진과 김성식은 택시를 타고 호텔로 가자고 이야기를 했다. 하지만 얼마 지나지 않아서 심각한 정체 때문에 말이 안 나올 지경이었다.

"이건 뭐……."

"하하, 이때가 가장 많이 막힐 때죠."

"그러네요."

중국인 기사의 말에 김성식이 뭐라고 말을 못 하자 노형진은 고개를 끄덕거렸다.

"오? 중국어를 하십니까?"

"조금 합니다."

"반갑네요."

"저도 반갑습니다."

아무래도 미국은 여러 인종이 있는 만큼 여러 민족의 의뢰인을 만나기 때문에 노형진은 몇 가지 언어를 공부했었는데, 그중 하나가 바로 중국어였다. 통역을 두면 편하지만, 직접적으로 알아듣는 것만큼 확실한 것도 없기 때문이다.

"그런데 여기는 어쩐 일로 오셨습니까?"

"그냥 일이 있어서 업무차 왔습니다."

"그래요?"

중국인 기사는 그렇게 말하다 말고 흘낏 백미러로 뒤를 살폈다.

"왜 그러십니까?"

"아니, 그냥 일행이 있으신가 해서요."

"일행?"

"네."

"일행은 없는데요?"

"그래요? 그런데 차 한 대가 우리를 따라오는데요?"

"네?"

노형진은 황급하게 고개를 돌렸다. 하지만 워낙 차량이 많아서 어느 게 어느 건지 알 수가 없었다.

"그게 무슨 말입니까? 따라오다니요?"

"아까부터 차 한 대가 신호를 무시하고 계속 따라붙어서요."

워낙 길이 막히다 보니 신호 자체가 짧고 엉킬 수밖에 없다. 그럼에도 불구하고 어떻게든 자신의 차를 따라오는 차 한 대를 눈치 빠른 택시 기사가 알아챈 것이다.

"따라온다고? 설마……."

"네, 아마 성화일 겁니다."

'역시 날 감시하는 중이었나?'

그렇지 않다면 지금 자신이 한국에 없다는 사실을 알아낼 방법이 없다. 간혹 들어오는 스파이나 원래는 아니었지만 성화에 넘어간 직원들은 노형진이 그 기억을 읽어 내고 모조리 쫓아냈으니 그쪽에서 정보가 새어 나갈 리 없다.

"이거 골 때리는군……."

"저 녀석을 떨쳐 낼 수 있겠습니까?"

"힘든데요."

김성식의 질문에 주변을 가리키고는 어깨를 으쓱하는 택시 기사.

"완전히 막혀 있어서요."

"끄응……."

"어차피 여기서 떨궈 내도 소용없을 겁니다. 우리 비행기 시간을 알아냈는데 우리가 있는 호텔을 못 알아내겠습니까?"

"그렇겠군……."

김성식은 참담한 얼굴이 되었다. 이런 경험은 처음이기 때문이다. 대한민국에서 어떤 미친놈이 검사를 따라다니겠는가?

"그럼 어쩌지? 좋은 목적으로 따라오는 건 아닌 것 같은데."

단순 감시가 목적이라면 이렇게 드러내고 따라오지는 않을 것이다. 그냥 호텔로 바로 가도 되니까. 그런데 그러지 않다는 것은 자신들을 놓지 않아야 하는 목적, 그 무언가가 있기 때문에 따라온다는 것이다.

"일단 호텔로 가야 하나?"

"그건 무리일 겁니다."

호텔에 가면 안전해지겠지만 계획을 실행할 수는 없을 것이다. 입구에서 버티고 있을 테니까.

"아마도 그곳에 있으면 조사는커녕 아무것도 못 할 겁니다. 가장 좋은 결과가 한국으로 조용히 돌아갈 수 있다는 것 정도일 겁니다."

"끄응……."

그들이 호텔 입구를 안다면 당연히 호텔 입구를 지키고 있을 것이고, 자신들이 나오는 순간 따라다닐 것이다. 조사하다 보면 결국은 조용한 곳으로 갈 수밖에 없는 시점이 될 테니 그때 습격한다면 자신들로서는 대응할 방법이 없다.

"그럼 어쩐다……."

노형진은 어떻게든 방법을 찾기 위해서 머리를 굴렸다.

'저 녀석들은 분명 성화에서 보냈겠지.'

그렇다면 쉽게 포기할 리 없다.

'뭔가 있어…….'

자신들을 이렇게 대놓고 위협할 정도라면 감추고 싶은 게 이 근처에 있다는 소리다.

"노 변호사."

김성식은 문득 걱정되었다.

자신은 검사였다. 대한민국 경찰과 검찰 그리고 정부가 자신을 지켜 줬다. 하지만 변호사가 되었고 누구도 지켜 주지 않는다.

'그래서 변호사 사무실에서 경호 팀을 만든 건가?'

어쩐지 새론에 경호 팀이 있는 게 이상하다고 생각했다. 다른 변호사 사무실에는 없으니까.

하지만 변호사가 일을 했는데 원한이 생기지 않는다면 그건 그 변호사가 제대로 일을 하지 않았다는 뜻이 된다.

"일단은…… 방향을 돌리죠."

"방향?"

"네."

"어디로요?"

"혹시 아시는 마작 가게 있습니까?"

"마작이야 흔하게 살 수 있는 건데…….”

"그거 말고 말입니다."

택시 기사는 얼굴이 딱딱해졌다.

마작 가게. 그건 불법적으로 운영되는 도박장을 뜻한다.

"진짜로 가시려고요?"

"네."

"설마 도박하러 여기까지 오신 겁니까?"

"그건 아니지만 그래도 안전한 곳이 그곳이지요."

"음…….”

택시 기사는 고민했다. 불법적으로 운영하는 곳인 만큼 당연히 그 도박장 뒤에는 다른 그림자가 있기 마련이다. 소위 말하는 삼합회 같은 곳 말이다.

"그곳으로 가 주세요."

"난 책임 없는 겁니다."

"네."

노형진이 고개를 끄덕거리자 택시 기사는 어디론가 방향을 돌렸다. 메인의 큰길에서 벗어나 골목골목을 가는데도 불구하고 따라오는 정체 모를 차량.

'아예 정체를 감출 생각이 없군.'

저들로서는 자신들이 겁먹고 도망가도 손해 볼 건 없다는 뜻이리라.

'하지만 그게 너희들의 패착이다.'

택시는 점점 골목골목으로 들어가더니 어느 허름한 건물 앞에 멈췄다.

"이곳입니다."

택시 기사는 걱정스럽게 말했다. 흔하게 보이는 아파트지만 사실 이곳은 삼합회에서 운영하는 불법 도박장이었다.

"어서 내려요! 어서!"

위험한 골목이라서 그런지 택시 운전기사는 노형진과 김성식을 다그치고는 잽싸게 골목에서 나가 버렸다. 당연히 따라온 차가 다가오려고 했지만 노형진이 먼저 허름한 나무 문으로 다가가 그 문을 두들겼다.

철컥.

뭔가 밀리는 소리와 함께 눈높이에 달려 있는 작은 창문이 열렸다.

"뭐야?"

"게임하러 왔습니다."

"뭔 게임? 여기는 그런 데 아냐!"

"알고 온 겁니다."

노형진은 마음이 다급했다. 만일 여기서 자신들이 끌려간다면 저 녀석들이 그걸 막을까? 그럴 리 없다.

"넌 알지 몰라도 난 몰라."

"그래요? 여기서 큰 게임이 열린다고 하던데요?"

"모른다니까."

절대 안 열어 줄 것 같은 남자의 눈.

노형진은 다급하게 문을 잡았다. 그리고 그 문에 있는 기억을 읽어 내기 시작했다.

'제발, 제발……'

뭐든 쓸 만한 정보가 걸리기를 바라면서 닥치는 대로 기억을 읽어 내는 노형진.

그 와중에 단 하나의 문장이 반복적으로 사용되고 있음을 노형진은 알아냈다.

'하긴 이런 곳이 그냥 들여보내 줄 리 없지.'

자신들만의 비밀 암호가 있을 것이다.

"우리를 안 들여보내 주면 조상님이 슬퍼하실 겁니다. 무당산에 있는 푸른 나무를 보면서 약속했던 거, 기억 안 나십니까?"

남자의 눈동자가 살짝 흔들렸다.

무당산의 푸른 나무. 그건 여기 오는 손님들의 암호였다.

"돈은?"

"여기에 들고 올 만큼 멍청하지는 않죠."

그는 눈높이에 있는 창문이 철컥 소리와 함께 닫히더니 문이 '끼이익.' 하는 소리와 함께 열렸다.

'역시.'

나무 문처럼 보이지만 실제로는 쇠문이었던 것이다.

"들어와."

노형진과 김성식이 조심스럽게 안으로 들어가자 가까이 오려고 했던 상대방 차량은 어쩔 수 없이 그곳을 스윽 지나갔다.

'아슬아슬했다.'

만일 저들과 실랑이가 벌어졌다면 이들은 절대로 문을 안 열어 줬을 것이다.

문이 닫히고 안으로 들어가자 다가오는 한 남자.

그는 노형진을 뚫어지게 바라보았다.

"큰 건이라는 건 알지?"

"알죠."

"자격을 보여라."

"계좌를 불러 주시죠."

그가 종이 하나를 건네자 노형진은 그걸 받아서 잠시 핸드폰을 조작했다. 잠시 후 '딩동' 하는 소리가 들리자 남자는 자신의 핸드폰을 들어서 확인하고는 고개를 끄덕거렸다.

"안으로 오십시오."

아까와는 다른 깍듯한 모습.

"어떻게 해 드릴까요?"

"전액."

"알겠습니다."

그는 꾸벅 인사하고 뒤로 물러났고, 김성식은 노형진을 따라서 안으로 들어가기 시작했다.

"어떻게 한 건가?"

"말 그대로 큰 건이니까요. 그런 돈을 가지고 다닐 수는 없습니다. 소문이 나면 표적이 되니까요. 그래서 계좌 이체를 한 겁니다."

"얼마나?"

"10억요."

김성식은 자신도 모르게 입을 쩍 벌렸다. 큰 건이라고 하지만 무려 10억이라니.

"아니, 그렇게 큰돈을……."

"제 목숨보다는 싼 겁니다."

아마 그 돈을 보여 주지 못했다면 노형진과 김성식은 쫓겨났을 테니 그대로 성화에서 보낸 녀석들에게 끌려갔을 것이다.

"걱정하지 마세요. 안 잃어버리면 됩니다."

"어떻게?"

"저도 나름 한 게임 하거든요."

안으로 들어가는 노형진.

내부에는 대략 일곱 명쯤 되는 사람들이 둥근 테이블에 앉아 있었다.

"포커로군요. 제가 포커는 좀 치죠."

"좀 친다고 하면서 끼기에는 금액이 너무 큰데?"

"좀 친다고 하면서 낄 만큼 저 잘 칩니다. 하하하."

노형진은 구석에 있는 자리로 가서 앉았고, 잠시 후 한 남자가 수북하게 칩을 가지고 왔다. 그 칩을 본 사람들의 눈에서는 광기가 빛나기 시작했다.

노형진은 그 칩을 자신의 옆에 두고는 미소를 지었다.

"자, 그럼 시작해 볼까요?"

⚖️

"이런 미친⋯⋯."

도박장을 관리하는 장웬은 게임석에 앉아 있는 세 사람을 보고 혀를 내둘렀다. 그중 한 명은 자기네 딜러니 두 명은 손님이었다. 그런데 그 앞에 쌓여 있는 돈이 장난이 아니었던 것이다.

"열두 시간째입니다."

"그래. 저 녀석들은 뭐야?"

"그러게 말입니다."

이 정도면 보통 빈털터리가 되어 나가거나 지쳐서 나가떨어지기 마련이다. 하지만 거기에 있는 손님 중 남자 한 명과 여자 한 명은 끝까지 버티면서 막대한 돈을 벌어들이고 있었다.

"나머지 손님들이 나가떨어졌으니 세 명이서 주고받는 꼴이잖아."

"그렇지요."

눈앞에 가득 쌓여 있는 칩들. 족히 수십억은 되는 돈들이다. 그 앞에서 두 명은 한 치의 흐트러짐도 없이 게임에 임하고 있었다. 열두 시간이면 어지간한 사람들은 다들 혼이 나갈 지경인데 말이다.

"다이."

노형진은 카드를 보다가 눈을 질끈 감으면서 그걸 내려놨다.

"이겼군요."

웃으면서 돈을 가지고 가는 여자를 보면서 노형진은 혀를 내둘렀다.

'도대체 이 여자는 뭐야?'

금발의 벽안을 가진 전형적인 서양 미녀. 누구나 한 번은 돌아보게 만들 정도의 외모. 그럼에도 불구하고 한 점의 흐트러짐 없는 그 모습.

'나랑 거의 대등해?'

대부분의 사람은 포커를 치면서 책상에 손을 올릴 수밖에 없다. 그리고 노형진은 그 책상에서 기억을 읽을 수 있다. 당연히 그가 유리할 수밖에 없다.

'도대체 이게 얼마야?'

그가 큰 거 한 방으로 버는 식이라면 상대방은 조금씩 버는 스타일. 아무리 노형진이 상대방 카드를 알고 있어 밀어붙일 수 있다 하더라도 쥐고 있는 카드가 나쁘면 다이를 외칠 수밖에 없다.

"그쪽도 만만치 않네요."

한참 동안 무표정하게 있던 그녀가 노형진을 보면서 미소를 보였다.

'이런 젠장.'

노형진은 그걸 보고 아차 싶었다.

무려 열두 시간. 지칠 만한 시간인 것이다.

'굉장히 오래 했으니 그 녀석들도 포기하고 갔겠지? 그렇다면 이쯤에서 빠져야겠군. 뭐, 따고 배짱이라는 소리는 안 하겠지.'

어차피 조직에서는 충분한 수수료를 받았으니 상관없으리라.

"전 이쯤에서 그만하고 싶은데, 그쪽은 어때요?"

"어머, 벌써요? 이제 막 재미있어지는데?"

미소를 지으면서 노형진을 바라보는 금발의 여자.

하나 노형진은 그만 빠지고 싶었기 때문에 고개를 흔들었다.

"좀 피곤하네요."

"뭐, 그러시다면야. 딱 한판 하고 가요, 올인해서."

"올인?"

"네. 스릴 넘치지 않아요? 모든 것을 잃을 것인가, 아니면 모든 것을 얻을 것인가."

노형진은 피식 웃었다.

"올인이 될 수가 없을 것 같은데요?"

올인이란 말 그대로 자신이 가진 모든 것을 거는 것을 뜻한다. 하지만 그건 어디까지나 양측이 비슷할 때에나 가능한 이야기다. 딱 보기에도 노형진의 칩 더미가 여자의 것보다 훨씬 더 많았다. 조직에서 가지고 간 배당금을 제외하고는 대략 60억. 상황을 봐서는 노형진이 35억쯤 되고 그녀가 25억쯤 된다.

"아무래도 올인하기에는 부족하신 것 같은데."

"그러면 절 걸까요? 어때요? 충분한 가치는 될 것 같은데. 호호호."

"글쎄요."

확실히 그녀가 아름답기는 하다. 하지만 고작 하룻밤에 10억이라는 큰돈을 치를 만한 여자는 없다.

'그 돈이 있으면 차라리 내가 기부하고 만다.'

다른 남자라면 그녀의 도발적인 행동에 넘어갈지도 모른다. 하지만 인생의 쓴맛, 단맛을 다 보고 초탈의 경지까지 이른 노형진에게는 그다지 구미가 당기는 일이 아니었다.

"그러면 어때요? 내가 당신을 위해 1년간 일해 준다."

"1년에 10억? 너무 연봉이 센데요?"

"원래 잘난 사람은 몸값이 비싸요."

"난 당신이 누군지 모르는데요?"

"그래서 도박이 재미있는 거 아닌가요? 난 도박 중독자인 졸부일 수도 있고, 세계적인 유명인일 수도 있고, 전 세계적인 브로커나 톱 모델일 수도 있지요. 당신은 날 모르지만 10

억이라는 돈을 가지고 내 미래에 대해서 도박하는 거죠."

노형진은 왠지 입꼬리가 올라가는 것을 느꼈다.

'해 볼까?'

물론 그녀에 대해서 알아보는 것은 어려운 일이 아니다. 그녀의 기억을 읽어 내기만 하면 된다.

하지만 노형진은 왠지 그런 것을 하고 싶지 않았다. 모든 것을 알아내기보다는 운명에 맡겨 보고 싶다는 생각이 들었던 것이다.

"동의하지요."

"좋아요. 그럼 올인."

"올인."

저쪽으로 카드가 먼저 날아가고 노형진에게도 카드가 날아갔다. 양측으로 번갈아서 날아가는 카드.

"전 이걸 바꾸죠."

"전…… 이대로 가겠습니다."

노형진은 잠시 그녀의 기억을 읽어서 카드를 파악해 볼까 하는 생각이 들었다. 하지만 이내 속으로 고개를 저었다

'어차피 올인이다.'

뭔가를 더 걸어야 하는 것도 아니다. 그저 단 한 판으로 결정되는 순간인 것이다. 그래서 그런지 카드를 읽어 내서 게임을 하고 싶지는 않았다.

'이래서 도박에 빠진 사람이 제대로 생활을 못하는 건가?'

끊어질 듯한 팽팽한 긴장감.

"전…… 포 카드군요."

미소를 지으면서 자신의 카드의 카드를 펼쳐 보이는 여자. 포 카드. 똑같은 숫자가 네 개가 연달아 있는 카드.

"우와!"

"끝내준다!"

올인이라는 말에 몰려든 수많은 사람들이 입을 쩍 벌렸다. 노형진은 그런 그녀를 보면서 천천히 카드를 개봉하기 시작했다, 한 장씩.

처음에 나온 숫자는 하트 5. 그다음에 나온 숫자는 하트 4.

"어? 설마?"

"진짜야?"

사람들이 웅성거리기 시작했다. 같은 카드가 숫자가 나열된 것을 스트레이트라고 한다. 하지만 그것보다 더 높은 것이 있었으니 바로 백 스트레이트와 로열 스트레이트였다. 그중 백 스트레이트는 A부터 5까지 같은 무늬로 이루어져 있어야 한다.

"3이다! 3이야!"

그다음에 나온 카드는 하트 3. 사람들의 숫자가 모두 노형진에게 향했다.

"2!"

동일한 무늬에 2가 나왔다. 그리고 마지막으로 남은 것은 하트 에이스.

"1!"

사람들의 고함 소리를 들으면서 노형진은 천천히 카드를 뒤집었다. 그리고 그 위에 나타난 글자 A.

"아!"

"이런!"

하지만 사람들의 입에서는 안타깝다는 탄성이 흘러나왔다. 하트 에이스가 아닌 클로버 A였던 것이다.

"꽝!"

"아깝!"

네 장의 같은 무늬. 하지만 숫자가 나열되지 않았으니 결국 그냥 쓰레기 패.

"휴우."

금발의 여자는 지금까지 꾹 참고 있던 숨을 한꺼번에 몰아쉬었다. 만일 저 클로버가 스페이드였다면 자신은 꼼짝없이 1년간 노형진에게 무료로 일해 줘야 하기 때문이다.

"아깝네요."

노형진도 아깝다는 듯 고개를 흔들었다.

"호호호. 덕분에 몇 년 만에 심장이 쫄깃해졌네요."

그녀가 딜러에게 눈짓하자 가운데 있던 수북한 칩이 그녀에게 넘어갔다.

잔인할지 모르지만 이게 규칙이다. 이긴 자는 모든 것을 가지고, 진 자는 모든 것을 빼앗긴다.

"솔직히 절 이렇게까지 따라오는 사람은 처음 봤네요."

"저도입니다."

"우리 서로 잘 어울릴지도?"

"설마요. 서로 밤새도록 도박만 하면 패가망신합니다."

"호호호."

노형진은 그런 그녀를 보면서 미소 지었다. 적지 않은 돈을 잃어버렸지만 왠지 아까운 기분은 들지 않았다.

"그나저나 이제 비밀로 남겠네요."

"뭐가요?"

"저에 대해서요."

"아."

노형진은 고개를 끄덕거렸다.

"인연이 된다면 언젠가는 다시 만나겠지요."

"그래요. 도박만큼 모를 게 인연이니까요. 이거 모두 현금으로 바꿔 줘요."

그녀는 칩을 넘겨주고는 자리에서 일어나서 노형진에게 키스를 날렸다.

"부디 행운이 함께하기를."

"행운의 여신이 키스를 날려 줬으니 잘되겠지요."

노형진은 미소를 지으면서 고개를 끄덕거렸다.

"그래요. 전 이만 퇴장을……."

그 순간이었다. 누군가 그녀에게 다가오더니 귓속말을 하기 시작했다. 그 말을 들은 그녀의 얼굴이 딱딱하게 굳었다.

"진짜야?"

"네."

"흠……."

심각한 표정이 된 그녀는 고개를 돌려서 경비를 서던 남자를 불렀다.

"당장 매니저를 불러와요. 당장."

"하오!"

다른 말은 몰라도 매니저라는 말은 알아들은 그는 바로 매니저를 불렀고, 그녀가 아무래도 큰손인 모양이었는지 잠시 후 헐레벌떡 매니저가 뛰어나왔다.

"제 경호원이 재미있는 이야기를 하더군요. 어젯밤부터 절 감시하는 사람이 있었다고."

"네? 그게 무슨……?"

"어떤 남자들이 입구에서 이곳을 노려보고 있다고 하더군요."

"그…… 그런……."

"믿고 다니는 건데 이러면 곤란합니다."

"죄송합니다, 마담. 바로 정리해 드리겠습니다."

여기에 오는 사람들 중에서 만만한 사람은 없다. 당연히 대부분 비밀리에 온다. 그러니 그들에게 위협이 된다는 것은 자신들에게도 좋은 게 아니다.

"그럼 전 그사이에 돈을 좀 찾아야겠네요. 본의 아니게 이별이 좀 길어졌네요. 다시 보기를."

다시 인사하고 가는 여자. 하지만 노형진은 그 소리를 듣고 속으로 움찔하고 있었다.

'그 녀석들이 아직도 있었어?'

아마도 그녀도 그가 들어오고 얼마 되지 않아 들어온 모양이다. 그리고 그만큼이나 어쩌면 자신보다 더 많은 적을 가지고 있을지도 몰랐다.

"잠시만 기다려 주시면 바로 정리해 드리겠습니다."

손님들을 진정시키는 매니저.

노형진은 그의 말대로 일단은 짐을 챙기면서 심호흡을 했다.

잠시 후 매니저가 안으로 들어와서 고개를 숙였다.

"오늘은 여기까지 하겠습니다. 죄송합니다."

"아니, 왜?"

"안전을 위한 조치이니 양해 부탁드립니다."

사람들은 자리에서 일어났다. 사실 이들의 입장에서는 저들을 취조해서 그 배후를 알아내는 것이 더 중요하리라.

"운이 좋았군."

"그녀가 진짜 행운의 여신이었나 보네요."

만일 그녀가 마지막 게임을 요구하지 않았다면 노형진과 김성식은 무심결에 바깥으로 나갔다가 그들에게 잡혔을지도 모른다. 하지만 그녀가 마지막 게임을 요구하면서 비록 돈은 잃어버렸을지는 모르지만 그녀의 경호원이 이상을 알아차릴 수 있었고, 그 덕분에 이쪽 조직에서 대응할 수 있었던 것이다.

"여긴가 보군."

노형진과 함께 나온 김성식은 구석에 있는 깨진 유리와 피를 보면서 눈을 찌푸렸다. 아마도 차 유리창을 부수고 강제로 끌어냈을 것이다. 그러나 그들이 어디로 갔는지는 그다지 알고 싶지 않았다.

"어찌 되었건 그녀가 행운의 여신은 맞군요."

추적 팀, 아니 암살 팀이 사라졌으니 당분간은 중국에서 활동하기 쉬워질 것이다.

"그나저나 안 아깝나?"

"뭐가요?"

"10억 말일세."

"뭐, 제 목숨보다는 덜 아깝죠."

"하긴."

김성식은 이해한다는 얼굴이었다.

지난밤 얼마나 심장이 떨렸던가? 검사 시절에는 결코 경험할 수 없었던 공포였다.

"그렇지만 덕분에 전화위복이 되었으니까요. 당분간은 안전하게 조사할 수 있을 겁니다."

그렇게 된다면 어쩌면 생각지도 못한 정보가 나올지도 모른다.

대륙의 기상

대륙.

사전적 용어로는 지구 표면의 광대한 땅을 가진 곳을 말한
다. 하지만 대한민국의 인터넷상에서는 중국을 뜻하는 일종
의 은어이기도 하다. 워낙 중국이 크다 보니 대륙이라고 불
리는 것이다.

"터무니없이 크군요."

노형진이 예상되는 곳의 지도를 펼치고는 얼굴을 찡그렸다.

"이건 거의 서울시만 한데?"

그게 있을 거라 추정되는 곳의 크기가 거의 서울시만큼 큰
상황이었기 때문에 노형진은 고민에 빠졌다.

"이 안에서 찾을 수 있겠나?"

"찾아봐야지요."

어떻게든 그 현장을 찾아야 한다. 그러지 않으면 그저 음모론일 뿐이다.

"어떻게 해서든 찾아서 그 장면을 찍어 가야 합니다."

증거가 없는 주장은 주장일 뿐이다. 절대로 법정에서 인정되지 않는다. 그건 사회에서도 마찬가지이다.

"그렇다고 마냥 찾아다닐 수는 없지 않은가? 이곳은 세계의 공장이라고 불리는 중국일세. 그 안에서도 최고로 공장이 많은 도시 중 한 곳이기도 하고."

"흠……"

"일단 등록된 공장을 확인해 달라고 할까?"

"힘들 겁니다."

중국의 정신을 한마디로 표현하자면 '만만디'라고 할 수 있다. 느긋한 여유로움.

하지만 좋게 말해서 여유로움이지, 한국인의 입장에서는 언제 나올지 모를 속 터지는 기분이라고 할 수 있다.

"신청을 해도 나오려면 상당한 시간이 걸릴 겁니다. 사실 나올지도 확실하지 않고요."

"그건 그렇지."

중국의 부패는 워낙 심해서 뇌물을 주지 않으면 일이 진행이 안 된다고 공공연하게 말할 정도였다.

"하긴 그렇기는 하네. 생각해 보니 마땅히 질문할 것도 없군."

"그렇지요?"

이름이나 주소를 아는 것도, 성화와 계약이 되어 움직이는 것도 아니니 그걸로 물어볼 수도 없다. 즉, 어딘가에 있는 공장을 특정할 방법이 없다는 것이다.

"일단은…… 좀 생각을 해 봐야겠네."

"각자 돌아다니면서 좀 알아보죠."

"각자?"

"네, 성화에서는 당분간 움직이지 못할 테니까요."

"하긴……."

김성식은 고개를 끄덕거렸다.

자신들을 추적하던 자들은 실종되었다. 그 후에 어떻게 되었는지는 알 수가 없다. 그저 그들의 불운한 결말을 예상만 할 뿐이다.

"일단은 최대한 알아볼 수 있는 것까지 알아보죠."

"그렇지."

⚖

노형진과 김성식이 그렇게 따로 움직이는 것을 결정하는 사이, 한국에서는 생각지도 못한 일로 성화가 발칵 뒤집히는 중이었다.

"지금 우리와 전쟁하자는 겁니까?"

"아닙니다. 전쟁이라니요."

성화의 환상민 상무는 눈앞에 있는 사람을 진정시키기 위해서 진땀을 흘리고 있었다.

"그게 아니라면 왜 제대로 된 정보를 안 줘서 우리가 이 꼴이 나게 만듭니까?"

"정보를 안 드렸다기보다는……."

"단둘이라면서요! 아무도 보호 안 했다면서요!"

"……."

"당신들 때문에 우리 처지가 어떻게 됐는지 압니까?"

성화는 중국에서 활동하는 조직과 선이 닿아 있었다. 그래서 그들에게 노형진과 김성식의 처리를 맡겼다. 가능하면 쫓아내고 기회가 되면 죽이라고 말이다.

하지만 생각지도 못한 쪽으로 일이 터져 버렸다.

"지금 위에서 전쟁하자는 거냐고 난리란 말입니다!"

중국에는 삼합회라는 거대한 집단이 있기는 하지만 그건 한 개의 집단이라기보다는 여러 집단의 모임 같은 것이다. 당연히 개별적으로도 움직이지만 알게 모르게 상하 관계가 있다.

"청룡파에게 우리가 물어 줘야 하는 돈이 얼마인지 압니까, 지금? 제대로 정보를 줘야 할 거 아니에요!"

성화와 함께 일하는 연길파는 작은 집단이다. 반면에 청룡파는 그들보다 더 상위 집단이다.

규모도 차이가 심해서 연길파는 그 수가 수백 명 정도 되지만, 연길파는 그 숫자가 1만 명을 넘어간다. 애초에 싸움이 안 되는 것이다.

　"저희도 적룡의 손님이라고는 생각 안 해서……."

　"시끄럽고 배상금 내놔요."

　"네? 하지만 일도 실패했는데……."

　"뭐라고요? 그러니까 모르겠다 이겁니까? 한번 끝까지 가 보고 싶어요?"

　"끄응……."

　적룡의 손님을 노리는 바람에 그날 청룡파가 영업을 못 해서 발생한 손해와 그들에게 끌려갔다가 처분된 조직원들에 대한 배상 등등 연길파는 막대한 돈을 성화에 요구하고 있는 상황이었다.

　적룡은 커다란 청룡파 내부에서도 도박장을 꽉 쥐고 있는 대부 같은 존재다. 그런 그가 따로 손님으로 특별 관리하는 사람을 머리카락 하나라도 건드렸다면 아마 연길파는 조직원뿐만 아니라 가족까지 모조리 내장이 꺼내져서 팔렸을 것이다. 그가 손님이라고 대응하는 자들은 중국 단위가 아니라 세계 단위의 거물이니까. 차라리 거기에 끌려간 여섯 명이 죽는 걸로 일이 끝난 게 다행일 지경이었다.

　"제대로 처리를 안 했는데……."

　"우리야 뭐 상관없는데 청룡파랑 적대할 자신 있습니까?

그쪽은 지금 이를 박박 갈던데."

'망할. 하필이면…….'

청룡파에서는 자신들의 업장과 손님을 노렸다고 생각하기 때문에 막대한 배상을 요구하고 있었다. 만약 성화에서 그걸 주지 않으면 그들은 중국 쪽에 진출해 있는 성화 쪽 기업이나 거래하는 기업에 막대한 피해를 줄 것이다.

"싫으면 말고요."

연길파는 아예 관심도 없다는 투다. 하긴 모든 책임을 성화에 떠넘겼으니.

그가 안 주면 자신들은 그에 대해 보고하면 된다. 그렇게 되면 청룡파는 동원할 수 있는 모든 인력을 동원해서 성화와 관련된 자들의 내장을 끄집어낼 것이다. 그럼 중국에서 성화는 끝장난다.

"알겠습니다. 얼마면 됩니까?"

"큰 거 쉰 장."

"50억요?"

"네."

"그건 좀……."

"그쪽에 배상하는 것 빼고 우리는 안 해 줍니까?"

"……."

그곳으로 갔던 조직원 여섯 명은 결국 돌아올 수 없는 강을 건넜다. 그러니 그들도 배상받은 자격이 있었다.

'망할······.'

환상민 상무는 이를 빠드득 갈았다. 하필이면 일이 잘못되어도 한참 잘못된 것이다.

'도대체 언제 그쪽이랑 선을 만들어 둔 거야?'

가끔 노형진은 전혀 생각하지 못한 곳에서 일이 터지게 만드는 능력이 있다. 그래서 그의 능력을 확신할 수가 없었다.

"아, 그리고 그쪽에서 경고하던데요."

"경고요?"

"네, 그 손님한테 손 떼라고요. 만일 다시 손쓸 경우 전쟁할 생각을 하랍니다."

"뭐라고요?"

"말 그대로 전쟁입니다. 도대체 그 인간 뭡니까? 뭐기에 청룡파에서 그렇게 보호하는 겁니까? 그리고 왜 그런 소리도 없이 우리한테 일을 맡겨서······."

하지만 그건 환상민도 알 수가 없는 일이었다.

'도대체 왜 청룡파에서 그 녀석들을 보호하는 거야?'

물론 이건 다 오해에서 비롯된 것이다.

성화에서 노린 것은 노형진이었다. 그러나 그쪽에서 받아들인 것은 금발의 여자였던 것이다. 당연히 그들의 입장에서는 경고하지 않을 수가 없었다.

"하여간 중국 내에서 그 녀석한테 손쓸 생각은 마세요. 아예 중국에 진출할 생각이 없으면 말입니다."

환상민은 이를 가는 것 말고는 할 수 있는 게 없었다.

"못 찾겠네. 이건 도무지 방법이 없어."

"……."

김성식은 말 그대로 두 손 두 발 다 들었다.

"이건 대륙, 대륙 하더니 터무니없이 넓어. 이런 곳에서 무슨 수로 어디에 있는지 알 수도 없는 공장을 찾는단 말인가?"

"끄응……."

노형진 역시 며칠간 고생하면서 그 감춰진 공장을 찾으려고 했지만 도무지 찾을 수가 없었다.

"감춰 둔 거 아냐?"

"그렇겠지요. 성화가 바보도 아니고 그걸 대놓고 하지는 않을 겁니다. 공식적으로 지오나코와 빈센코는 명품 브랜드니까요."

"끄응……."

그런 게 중국 공장에서 자체 제작하여 판다는 사실이 알려진다면 성화로서는 이미지에 엄청난 타격을 입을 수밖에 없다. 그러니 그들이 감춰 놨다고 보는 것이 타당할 것이다.

"그럼 어쩌지?"

중국 공무원들에게 문의해 봤지만 그들은 모른다며 알아

봐 주겠다고 했다. 하지만 그건 그저 의례적인 말일 가능성이 높다. 더군다나 성화에서 등록조차도 가짜로 했다면 중국 정부라고 할지라도 찾는 건 무리다.

"이대로 그냥 가야 하나?"

"음……."

물론 가도 대룡에는 아무런 손해도 없다. 그리고 새론에도 손해 볼 것은 없다.

'하지만…….'

노형진은 직감적으로 성화의 뒤에 다른 목적이 있다는 것을 느꼈다.

'과연 무엇인지가 관건인데…….'

완전히 자신들의 시선에서 벗어나면서도 막대한 돈이 필요한 무언가.

'이 시기에 돈 되는 것이 있었나…….'

노형진은 열심히 머리를 굴렸지만 이 시대는 몰락의 시대다. 점점 경제가 나빠질 시기지, 좋아질 시기가 아닌 것이다.

'그래, 일단은 그건 나중에 생각하자.'

저들이 무슨 생각을 하든 그것까지 생각하기에는 시간도 부족했다. 지금 중요한 것은 그게 무엇이든 방해해야 한다는 것.

"다른 방식으로는 찾을 수 있을까?"

"어떤 식으로요?"

"지난번의 그 도박장의 세력들, 힘이 강해 보이던데."

노형진의 눈이 살짝 찌푸려졌다.

"좋은 생각은 아닙니다. 어떤 조직이든 그렇지만 특히 중국 삼합회에 엮이게 되면 그 뒤가 그다지 좋지 못하니까요."

"그런가?"

"네."

특히 불법적인 것이라면 더욱 그렇다.

'뭐, 이건 불법적인 게 아니라고 하지만……'

그렇다고 해도 삼합회가 그냥 넘어갈 리 없다. 자신들에게 이득이 되는 것을 찾으려고 할 것이다. 최악의 경우에는 자신들을 잡아서 상대방에 넘기는 것도 생각해 볼 수 있는 일이다.

'그들을 이용하기에는 아직 급한 게 아냐…… 그들은 신의가 없어서 섣불리 이용할 수 없어.'

노형진은 애써 고개를 흔들었다.

분명 그들을 이용하면 쉽게 찾을 수 있겠지만 그건 너무 위험한 게임이다.

"재료가 들어가니 그 재료를 이용해서 찾아볼까?"

"재료요?"

"그래. 옷이든 시계든 그 재료가 필요할 거 아닌가?"

"좋은 생각이기는 합니다만 우리한테는 그걸 추적할 권한이 없습니다."

"아, 그렇지."

한국이라면 고문학을 통해 추적할 수도 있겠지만 여기는 중국이다. 각 공장으로 가는 물품을 추적할 수 있는 방법이 없다.

"아이고, 난 모르겠네. 일단 밥이나 먹으러 가세. 다 먹고 살자고 하는 짓 아닌가?"

"그건 그렇지요."

결국 포기하고 바깥으로 나온 노형진과 김성식.

그들은 식당을 찾아서 나름 유명한 식당가로 향했다. 바깥에서 먹기에는 자신들의 입맛에 맞는 음식이 별로 없었기 때문이다.

"이거 이거…… 그래도 성화 녀석들이 무능한 건 아냐, 벌써 중국으로 진출하는 걸 보니."

"중국이야 벌써 오래전에 진출하지 않았습니까?"

"그걸 말고 말일세."

"네."

"저길 보게나."

김성식이 가리킨 방향을 본 노형진은 그가 한 말이 무슨 뜻인지 알 것 같았다.

"시계부터 옷까지 모두 성화의 상품이군."

그곳에는 몇몇 사람들이 모여 있었는데 그들은 대부분 지오나코와 빈센코의 상품을 걸치고 있었다. 그들은 서로를 향해 미소를 짓고 있었는데, 친구로 보였다.

"지오나코와 빈센코로군요."

"그러네. 저 녀석들은 저게 가짜라는 걸 알까?"

"그럴 리가요. 그걸 알 리가……."

노형진은 말하다가 이상하다는 생각이 들었다. 그 바람에 걸어가다가 우뚝 멈출 수밖에 없었고, 먼저 앞서서 걸어가던 김성식은 무심결에 고개를 돌려서 노형진을 바라보았다.

"무슨 일인가? 안 가나? 생각이 없어? 하긴 나도 그건 마찬가지지만."

일이 잘되어야 밥맛이라도 나는데, 일이 안 되니 날 리 없다.

"음?"

하지만 노형진은 그것 때문에 멈춘 게 아니었다.

그는 한참 서서 그 지오나코와 빈센코의 상품을 걸친 사람들을 바라보았다.

"왜? 아는 사람이야?"

"아니요. 뭔가 이상해서요."

"이상?"

"전 지오나코와 빈센코가 중국 시장에 진출했다는 소식은 못 들었는데요?"

"그런가?"

"네."

"음…… 그러고 보니 그렇군."

여기로 오기 전 지오나코와 빈센코에 대해 충분히 조사했다.

그런데 아직까지 중국에 진출했다는 내용은 접하지 못했다.

"그런데 저들은 어떻게 저걸 걸치고 있는 거죠?"

"뭐, 뻔한 거 아니겠나? 여기는 중국일세."

중국이 세계의 공장이라 불리지만 한편으로는 그 안에 짝퉁의 천국이라 불리는 다른 부분도 있다. 엄청난 수의 짝퉁이 흘러넘치기 때문이다.

"그럴 수도 있지만…… 이상한데요?"

일반적으로 짝퉁이란 그래도 어느 정도 인지도를 가진 물건을 만들기 마련이다. 그런데 자신이 돌아본 바로는 지오나코와 빈센코는 한국 말고는 전혀 인지도가 없었다.

심지어 본국이라 할 수 있는 스위스와 프랑스조차도 그런 브랜드를 모른다. 사실 그게 당연한 일일지도 모른다.

'그리고 이게 퀄리티가 무척 좋은데?'

중국의 짝퉁, 그러니까 가짜 기술자들의 실력이 좋은 것은 익히 알려져 있지만 그건 어디까지나 실제 매물이 어느 정도 있어야 가능한 것이다. 사진으로 겉부분은 따라 할 수 있지만 뒷부분이나 안쪽은 따라 할 수 없는 게 현실이기 때문이다. 하지만 저건 자신이 봐도 무척이나 퀄리티가 좋다.

'새 걸 샀다? 그럴 리가.'

한국에서도 수천만 원을 호가해서 잘 팔지 못하는 물건이다. 더군다나 중국에 진출한 것도 아니다. 그렇다면 한국에서 사서 가지고 들어와야 한다는 건데.

"흠……."

노형진은 잠깐 고민했다.

"잠시만요."

"어이? 노 변호사, 어딜 가나?"

하지만 노형진은 대답하지 않고 그들에게 다가갔다. 그리고 잠시 말하는 듯하더니 주머니에서 돈을 꺼내서 그들에게 건넸다. 그러자 남자 두 명이 시계를 풀었고, 여자들은 외투를 벗어서 노형진에게 건넸다.

돈을 받은 사람들은 그걸 가지고 희희낙락한 표정으로 멀어져 갔고, 그걸 받아 든 노형진은 다시 김성식에게 다가왔다.

"그걸 사 온 건가?"

"네."

"아니, 왜?"

"짝퉁인지 봐야 해서요."

"딱 보면 모르겠나? 여기 중국이야. 수억씩 준 게 아니라면 당연히 짝퉁이지."

노형진이 아무리 부자라고 하지만 주머니에 수억씩 들고 다닐 리 없다. 그럼에도 불구하고 노형진은 자신의 주머니에서 꺼낸 돈으로 이걸 사 왔다. 즉, 짝퉁이라는 소리다.

"압니다."

"그런데 왜 사 왔어?"

"그래서 사 와야 했습니다. 일단 다시 호텔로 돌아가시죠."

"호텔로? 점심은?"

"비싸지만 룸서비스로 시키죠."

"끄응…… 그러세."

결국 다시 들어온 노형진은 룸서비스를 시키고 난 후에 그 시계들과 옷들을 살피기 시작했다. 그리고 인터넷에 올라온 옷들과 비교하더니 고개를 끄덕거렸다.

"확실히…… 똑같군요."

"그래, 똑같지. 그러니까 짝퉁이지. 그걸 왜 산 건가? 그걸 누굴 선물할 것도 아니고……."

선물을 하고자 한다면 시장에서 잘 찾으면 짝퉁을 찾을 수 있다. 그런데 중고를 사다니.

"아니요……. 이건 진품입니다."

"뭐?"

깜짝 놀라는 김성식 변호사.

당연히 짝퉁이라고 생각했는데 진품이라니?

더군다나 여기는 한국이 아닌 중국이다.

"그게 가능한가?"

"가능하지요. 제가 들은 바로는 말입니다."

"들은 바로는?"

"네."

"무슨 소리야?"

"짝퉁에도 급이 있습니다. 아십니까?"

짝퉁에도 급이 있다. 첫 번째는 그냥 모양만 흉내 낸 것이다. 재질도 다르고 방식도 허접해서 누가 봐도 짝퉁이라고 생각하기 쉽다.

두 번째는 디자인만 훔치는 것이다. 이것 역시 재질은 다르기 때문에 조금만 살펴면 짝퉁이라는 것을 알 수 있다.

세 번째는 동일한 재료로 만드는 것이다. 속칭 A급이라 불리며 자세하게 보지 않으면 그게 가짜인지 알 수가 없다.

"그리고 네 번째 방식이 있지요. 동일한 물건을 동일한 사람이 동일한 재료로 만드는 거지요."

"뭐? 그게 무슨 소리야?"

동일한 물건과 동일한 재료로 만드는 것까지는 알겠는데, 동일한 사람이라니?

"이건 전문가도 거의 못 알아차립니다."

"그럼 그건 진품 아닌가?"

"아닙니다. 짝퉁이지요."

"짝퉁?"

"네, 일반적으로 가장 먼저 퍼지는 놈이기도 하고요."

"……?"

이해할 수 없는 말이었다. 진짜 기술자가 가짜를 만든다는 뜻이니까.

"간단합니다. 돈을 누가 더 먹느냐."

"돈을 더 먹느냐니?"

"결국 일하는 사람은 임금 근로자니까요."

수많은 브랜드들이 공장을 중국으로 옮긴다. 인건비를 아끼기 위해서다.

문제는 중국인들이다. 인건비를 옮기기 위해서 중국으로 왔는데 본국의 기술자가 올 리 없다. 그들이 선택한 것은 중국인 기술자들에게 기술을 알려 줘서 만드는 것이다.

"그렇지만 그들이 생각하지 못하는 부분이 있지요."

바로 자긍심이다. 지오나코 가문의 기술자들이 자긍심을 가지고 있듯이 수많은 나라의 장인이라 불리는 사람들은 자긍심을 가지고 있다. 자신이 만든 세계적인 명품.

하지만 중국에서 만드는 사람들은 장인이 아니라 기술을 배운 기술자일 뿐이며 당연히 자긍심이라는 게 없거나 아주 약하다.

"당연히 그들은 돈을 더 벌 수 있는 방법을 찾습니다."

"그럼?"

"그들이 주로 쓰는 방법이 짝퉁을 만드는 겁니다."

어차피 공장에서는 감시당하면서 일하기 때문에 물건을 빼돌릴 수는 없다. 하지만 그들은 노예가 아니다. 당연히 퇴근이라는 것을 하기도 하고, 퇴직이라는 것을 하기도 한다.

"그러면 그들은 새로운 공장을 차리는 겁니다."

이미 어떤 재료와 어떤 기술을 쓰는지 알고 있다. 그리고 그 기술을 가지고 있다. 그렇다면 그들은 무슨 생각을 할까?

"아!"

김성식은 탄성을 질렀다.

"맞습니다. 그들은 자체적으로 생산하려고 하지요. 그리고 이게 그겁니다."

노형진은 자신이 사 온 물건을 흔들었다. 브랜드 물건이기는 하지만 브랜드 물건이 아닌 것.

"즉, 그들은 그 공장의 위치를 알고 있다는 거지요."

"그렇군."

그곳에서 기술을 배워서 나온 사람들이니 당연히 공장 기술을 알 수밖에 없다.

"좋은 생각일세. 하지만 그들을 어떻게 찾는단 말인가? 짝통 업자가 그렇게 쉽게 모습을 드러낼까?"

"드러냅니다."

"아니, 어째서?"

"짝통 업자니까요."

"엥?"

노형진은 빙긋 웃을 뿐이었다.

⚖️

"수입."

"네."

약간은 젊은, 그러나 껄렁해 보이는 남자를 위아래로 살피던 남자가 피식 웃었다.

"우리는 그런 거 모른다."

안으로 들어가려는 남자. 그러자 바깥에 있던 젊은 남자 노형진은 그런 그의 손을 잡았다.

"허허. 걱정하는 그런 거 아니니까 말씀해 주십시오."

그러면서 그의 손에 몇 푼을 쥐어 주는 노형진.

자신의 손에서 느껴지는 지폐의 느낌에 주인은 잠시 멈추더니 헛기침을 했다.

"소개만 해 주신다면 짭짤하게 보상하겠습니다. 설마 제가 모른 척하겠습니까?"

"크흠흠……."

"잘 부탁드립니다. 흐흐흐."

"뭐, 그렇게 말한다면야……."

노형진이 다가간 사람은 지난번에 자신이 옷을 산 사람에게 옷을 팔았던 짝퉁 업자였다. 그들에게서 미리 연락처를 받아 온 덕분에 그들에게서 짝퉁을 판 사람을 소개받았던 것이다.

"맨입으로 부탁하는 게 아닙니다."

"그렇게 말한다면야…… 흐흐."

말과 다르게 눈에는 탐욕이 가득한 상인.

'사실 때가 되기는 했지.'

이 바닥에는 순서가 있다.

일단 짝퉁이 풀리기 시작하면 한국인 상인이 그걸 알아내서 접근한다. 그 후에 그걸 수입해 간다.

생각보다 살짝 빠르기는 하지만 길거리에서 우연하게 봤다고 하니 이상한 것도 아니다. 소개해 준 사람도 거래를 오래 한 사람들이니만큼 함정도 아니다.

"그래서 한국에서는 유명하다지?"

"그럼요. 다들 하고 싶은데 못 해서 난리죠."

"그렇지. 흐흐흐."

모든 것이 그렇지만, 어떤 물건이 유행할 때 돈을 버는 사람은 그 물건을 최초로 공급하는 사람이다.

"하지만 좀 조심스러운데 말이지."

"압니다. 그래서 특별히 부탁드리는 거 아닙니까?"

노형진이 슬쩍 그의 주머니에 몇 푼 더 넣어 주자 그의 얼굴이 환해졌다.

"크흠…… 뭐, 그렇다면야."

자신에게 소개비를 준다는데 싫다는 사람이 있을 리 없다.

"며칠 뒤에 다시 와 보게나. 내 그때 그쪽에 물어서 거래해 보지."

"아이고, 감사합니다."

노형진은 빙긋 웃으면서 그곳을 나왔다.

"어떤가?"

"떡밥을 물었습니다."

"그래? 다행이군. 그런데 그렇게 한다고 원래 공장을 찾을 수 있을까?"

"아마도요."

상대방은 그 공장에 다닌 사람이다. 당연히 그 공장의 정확한 주소를 알 가능성이 있다.

"기대되는군요. 흐흐흐."

노형진의 말에 김성식은 그저 쓴웃음을 지을 뿐이었다.

⚖

"반갑습니다. 그래, 물건이 필요하다고요?"

"네, 한국으로 들여갈 물건이 필요해서요."

"그게 어떤 건데요?"

"에이, 아시면서."

"우리가 취급하는 게 많아서 그렇습니다."

"지오나코와 빈센코 그 두 개가 필요합니다."

"하긴. 그게 한국에서는 상당한 인기라면서요?"

"네."

중국인 딜러는 아무렇지도 않은 듯 고개를 끄덕거렸다.

"지난번에 보니까 퀄리티가 상당하던데요."

노형진은 그에게 슬쩍 내부 사정을 떠볼 속셈으로 물었다.

아니나 다를까, 그는 기고만장해져서 자신의 기술력을 자랑하려고 입을 열었다.

"퀄리티가 상당한 정도가 아니라 그게 바로 정품입니다. 재료와 기술자가 같으니까요."

"네? 그게 가능합니까? 프랑스와 스위스에서 만드는 거 아니었어요?"

그의 얼굴에 떠오르는 비웃음.

"누가 그래요?"

"한국에서는 다 그렇게 알고 있는데요?"

"멍청한 거죠. 그거 다 여기 중국에서 만드는 겁니다."

"네에?"

노형진은 마치 몰랐다는 듯 눈을 크게 떴다. 원래 사람은 상대방이 리액션을 보이면 더 말하고 싶어지는 법이니까.

"그거 다 여기 중국에서 만드는 겁니다. 스위스? 프랑스? 그건 구경도 못 해 본 물건일걸요?"

"그럼?"

"그 재료도 동일한 공장에서 공급받고 지금 이걸 만드는 사람도 그 공장에서 일하던 사람을 빼 온 겁니다. 당연히 똑같을 수밖에 없지요."

"헐, 몰랐습니다."

"중국이라고 무시하는 사람들이 있지만 이미 중국의 기술은 세계적인 수준입니다."

노형진은 고개를 끄덕거렸다. 하지만 그에게 동의하는 게 아니라 자신의 생각이 맞았다는 생각에서 그런 것이었다.

'역시 그랬어.'

어디선가 성화의 공장이 있다는 소리다.

"그럼 여기 어디서 만드는 건가요?"

"그럼요."

"그럼 정품 공장이 어딘지 말해 줄 수는 없습니까?"

"그건 안 됩니다."

"네, 왜요? 어차피 정품을 만드는 공장이니 상관없지 않을까요?"

"우리도 먹고살아야지요."

"아."

노형진은 그들이 걱정하는 것을 알아차렸다. 그들은 노형진을 비롯한 한국인들이 그곳에서 직접 기술자를 빼내서 짝퉁을 제작할까 봐 걱정하는 것이었다.

'돈으로 찔러봐? 아니야……. 자기 밥그릇이 걸려 있으면 될 리 없지.'

비록 그 위치를 알려 주지 않지만 자신의 생각이 맞았다는 것만으로도 상당한 실적이다. 더군다나 그게 아니라고 하더라도 자신의 심증이 맞은 이상 그 공장을 찾을 수 있는 다른 방법이 있다.

"알겠습니다. 다만 원단이랑 부품을 좀 볼 수 있을까요?"

"원단과 부품을요?"

"네, 솔직히 아시겠지만 거래를 트고 나서 갑자기 재료를 바꾸는 놈들이 있어서요."

코웃음을 치는 남자.

"그런 사기꾼이랑 비교하지 마십시오."

노형진은 어이가 없었다.

'아니, 짝퉁을 만드는 인간이 뭐래?'

하긴 그는 일단 사기는 안 치니까 가짜인 걸 말하고 파는 것이니 속이는 건 아니다.

"그래도 혹시 몰라서요."

"그 정도야, 뭐."

사실 그 정도는 다들 요구하는 사항이기 때문에 그는 고개를 끄덕거렸고, 노형진은 그를 따라서 그의 창고로 갈 수 있었다.

"여기가 창고입니다."

"그렇군요."

"공장은 못 보여 드립니다."

"압니다."

중국 정부에서 짝퉁을 만드는 것을 모른 척하고 있다고 하지만 어찌 되었건 불법은 불법인 만큼 그들로서도 공장은 보여 줄 의사가 없었다.

'그거랑 난 상관없지.'

노형진은 슬쩍 옷감으로 다가가서 마치 상태를 확인하는 듯 그걸 만지작거렸다.

　'역시 기억은 없군.'

　사람의 손을 탄 거라면 기억이 있을 것이다. 하지만 질 좋은 원단이기는 하나 기계로 짠 것이다 보니 아무래도 위치에 대한 기억은 없었다.

　'하지만……'

　노형진은 주변을 슬쩍 둘러보면서 꼼꼼하게 원단을 살폈다.

　'찾았다.'

　사람들은 잘 모르는 게 있는데 원단의 양 사이드에는 해당 브랜드의 이름이 적혀 있다.

　물론 옷을 만들 때는 그 부분을 잘라 내 버린다. 그러나 일반적으로 원단인 상태에서는 찾을 수 있다.

　'좋았어.'

　노형진은 그 이름을 확인하고 미소를 지었다.

　"좋군요."

　"말씀드렸지요? 우리는 동일한 원단을 씁니다. 그런 걸로 속이는 저질과 비교하지 마세요."

　"그럼 부품도 볼 수 있을까요?"

　"그럼요."

　노형진에게 시계 부품을 보여 주는 남자.

　시계는 원단과 다르게 기계가 할 수 있는 게 한계가 있다.

그렇기 때문에 노형진은 그 안에서 기억을 읽어 낼 수 있었다. 당연히 그 부품을 만드는 공장을 알아내는 건 어려운 일이 아니었다.

"고맙습니다."

"그래서 거래는?"

노형진은 나중에 다시 하자고 할까 했다. 하지만 마지막 순간 마음을 바꿨다.

'아니지. 확실하게 하는 게 좋겠지.'

이 부분에 대해서는 확실하게 하는 게 좋다. 짝퉁이 확보되어야 증거가 될 수 있다. 게다가 이 비용은 대룡에서 지불할 것이다.

'그리고 어차피 이건 신고해 봐야 의미가 없어.'

이번 사건에서 성화는 완벽하게 뒤로 물러나 있다. 즉, 이걸 신고한다고 해도 성화에는 티끌만큼의 피해도 못 준다.

물론 아주 심층적으로 파고들면 성화라는 존재를 찾을 수도 있겠지만, 그들로부터 로비를 받는 대한민국 정치권이 그럴 가능성은 거의 제로에 가까웠다.

'그리고 그들이 이 물건을 샀다는 것도 문제고.'

그들의 습성을 뻔하게 아는 노형진은 신고가 아닌 다른 방식으로 그들을 제재하기로 한 것이다.

"그럼 이렇게 하지요. 시계는 디자인별로 2천 개, 옷도 디자인별로 2천 벌. 어떻습니까?"

"그렇게 많이요? 그 정도면 6억을 될 겁니다."

"이렇게 질 좋은 물건을 찾는 게 쉬운 일은 아니지요. 흐흐흐."

중국인·남자의 얼굴에 화색이 돌았다.

"바로 작업에 들어가지요."

"최대한 높은 퀄리티를 뽑아 주십시오."

"확실하게 해 드리지요, 흐흐흐."

"흐흐흐."

그 둘은 서로 다른 생각을 가진 채로 속으로 상대방에게 비웃음을 날렸다.

⚖

"여기로군."

"네."

노형진과 김성식은 어떤 장소에서 조용히 기다리고 있었다.

"이곳이 바로 원단을 공급하는 곳입니다."

빈센코에 원단을 공급하는 공장. 노형진은 그곳에서 조용히 잠복하고 있었다.

"원단은 어쩔 수 없이 공장으로 들어가니까."

"그렇지요."

그 짝퉁 상인은 그 부분은 생각하지 못했지만 노형진은 그

상표를 확인하고 원단의 회사를 찾아낸 것이다. 정식으로 등록되어 있는 회사인 만큼 찾는 것은 어려운 일이 아니었다.

부아앙.

입구에서 나오는 한 대의 트럭. 그걸 본 김성식은 노형진을 바라보았다.

"아닙니다."

"끄응…… 그 사람이 제대로 해 줄까?"

"해 주겠지요."

수많은 원단을 만드는 공장인 만큼 그 많은 원단이 어디로 가는지 알 수는 없다. 그래서 노형진은 경비원에게 적당히 돈을 찔러주고 성화의 공장으로 가는 원단을 확인해서 신호를 달라고 했다.

'부패한 것이 좋을 때도 있다니까.'

만일 충성심이 투철한 사람이었다면 의심하겠지만 그 경비원은 돈을 보고 눈이 번뜩거렸다.

"저기!"

그 순간 앞으로 나오는 한 남자.

그는 굳이 문 바깥까지 나와서 담배를 피우더니 버리고 들어갔다. 한국처럼 실내 흡연 금지가 아닌 이곳에서 그 행동이 뜻하는 건 한 가지뿐이었다.

"신호입니다."

노형진은 바로 시동을 걸었고, 얼마 후 한 대의 차량이 슬금슬금 문 바깥으로 나왔다.

"저거로군."

"네."

노형진은 바로 그 차를 따라서 움직이기 시작했다.

그 차량은 시내를 관통하고 굽이굽이 시골길을 따라가더니 어느 후미진 공장 터로 들어갔다.

"우우…… 여기는 생각하고 다른데?"

명품이라고 하면 최소한 어느 정도 시설은 되는 곳에서 만드는 거라 생각했다. 하지만 이 주변은 말 그대로 논과 밭, 돼지 축사뿐이었다.

"성화의 입장에서는 눈에 안 띄는 게 중요하니까요. 주요 공장 지대에 자리를 잡으면 아마도 눈에 띌 수밖에 없지요. 그곳에는 한국에서 오는 바이어가 많으니까요."

"그렇겠군."

트럭은 익숙한 듯 입구로 들어갔고 입구를 지키고 있던 경비원은 잠시 검문하고 그걸 안으로 들여보냈다.

"이제 어쩌지? 공장을 찾았다고 끝은 아니지 않은가?"

"그렇지요."

저게 창고인지 공장인지 외부에서는 알 수가 없다. 그 안에서 물건을 만드는 것을 확인하기 전에는 확실한 증거가 있다고 볼 수 없으니까.

"그냥 계약서만 가지고는 안 될까?"

"그러면 좋겠지만 도장은 누구나 위조할 수 있는 것이니까요."

"끄응……."

만일 성화에서 누군가 위조했다고 하면 그들은 할 말이 없다. 실제로도 그런 일은 흔하게 벌어지는 일이니까.

"일단은…… 저 안으로 들어가야 하는데……."

김성식은 주변을 둘러보았다.

주변에 높게 올라간 철조망. 그리고 여기저기 서 있는 경비원.

그들의 상태로 봐서는 그냥 안으로 들어가는 것은 힘들어 보였다.

"당당하게 들어가는 건 힘들겠어."

"그러면 안으로 들어가는 사람한테서 사진을 찍어 달라고 할까요?"

"과연 하려고 할까?"

일단 그만두려고 하는 사람이라면 모를까, 멀쩡한 직장에서 잘릴 수 있는 행동을 지금 있는 사람들이 할 것 같지는 않았다.

"음……."

노형진은 조용히 건물을 바라보았다. 그 순간 그의 눈에 들어오는 것이 있었다.

"저건?"

"왜 그러나?"

"식당 같은데요?"

"식당?"

"네."

"그게 왜?"

"잠깐 차를 그쪽으로 돌리죠."

그 건물 내부에 보이는 곳. 그곳에 식당이 있었던 것이다.

당연하다면 당연한 거다. 이 근처에 바깥에서 밥을 먹을 만한 공간이 없으니 식사는 회사에서 준비해 줘야 하기 때문이었다.

그리고 그 식당을 본 노형진의 얼굴에 미소가 떠올랐다.

"좋은 생각이 났습니다."

"좋은 생각?"

"네."

"무슨 좋은 생각? 식품 납품 업자로 들어가려고? 하지만 그건 서로 잘 알 텐데?"

그건 무리라는 걸 알고 있는 김성식은 고개를 흔들었다.

"압니다. 하지만 들어가는 건 신경 써도 나오는 건 신경 안 쓰는 게 인간이거든요."

"응?"

"일단은 제가 알아서 할 테니까 김 변호사님은 몇 가지 준비만 해 주시면 됩니다."

노형진의 미소를 본 김성식은 어리둥절한 표정을 지을 수밖에 없었다.

⚖

"통과."

더러운 트럭을 본 경비가 접근도 하지도 않고 멀찌감치에서 손짓으로 신호를 보내자, 문이 열리면서 그 트럭이 안으로 들어갔다.

'역시.'

노형진은 조수석에 앉아서 피식 웃었다.

'이럴 줄 알았어.'

대단위 공장에서 나오는 음식물 쓰레기의 양은 너무나도 많아 그걸 버리는 데에 한계가 있다. 그리고 이 주변에 있는 수많은 돼지 농장들.

"시간은 30분 정도 걸립니다."

운전하던 운전사의 말에 노형진은 고개를 끄덕거렸다.

"그 안에 돌아오겠습니다."

노형진이 생각한 것은 간단했다. 바로 짬트럭. 그러니까 음식물 쓰레기를 가져가는 트럭을 생각해 낸 것이다.

한국에는 '짬아저씨'라고 불리는 문화가 있고, 성화라면 그것도 돈이 된다는 것을 모를 리 없다.

아니나 다를까, 주변 농장에서 그들에게서 음식물 쓰레기를 받아 처분하는 곳이 있었고 노형진은 그에게 적절한 사례를 하고 함께 들어올 수 있었다.

'경비원들이 접근할 리 없지.'

가뜩이나 지저분한 게 중국인인데 그중에서도 짬트럭은 어쩔 수 없이 냄새가 심하게 날 수밖에 없다. 당연히 그들로서는 매일 오는 트럭을 감시하고 싶은 생각이 없을 것이다.

"걸리면 난 모르는 겁니다."

"네."

트럭이 식당 뒤 음식물 쓰레기통이 있는 곳에 도착하자 노형진은 잽싸게 내려서 안쪽으로 들어갔다. 점심시간이 지난 시간이라서 그런지 주변에 사람은 없었다.

'이곳인가?'

외부 감시로 충분하다고 생각한 건지 내부에 대한 순찰이나 감시는 따로 없었기 때문에 어렵지 않게 건물 쪽으로 간 노형진은 그곳에 있는 작은 창문으로 내부를 바라보았다.

'대단하군.'

그 안은 두 개의 라인으로 되어 있었다. 하나는 옷을 만들고 있었고, 다른 하나는 남성용 시계나 다른 용품들을 만들고 있었다.

'지오나코와 빈센코……'

그리고 그 위에 붙어 있는 표시 푯말에는 지오나코 라인 그리고 빈센코 라인이라고 쓰여 있었다.

'결정적인 증거다.'

노형진은 그걸 찍으면서 미소를 지었다.

'이 정도면 충분해.'

이 정도면 그들을 한국에서 크게 한 방 먹일 수 있을 거라 생각하면서 노형진은 그곳을 떠나려고 했다. 하지만 생각지도 못한 목소리가 뒤에서 그를 붙잡았다.

"이 새끼야!"

"히익!"

노형진은 너무 놀라서 자신도 모르게 털썩 주저앉았다. 여기서 걸릴 거라고 생각하지 못했던 것이다.

그리고 벽 코너에서 나오는 한 남자와 다른 남자들.

'망했다.'

안 그래도 자신을 못 죽여서 안달인 성화다. 지난번에도 한번 걸렸다가 간신히 타개하고 중국에 비밀리에 들어와 있는 상황이었다.

'젠장.'

잡히면 곱게 끝날 리 없다는 생각에 싸울 각오를 하는 노형진.

그런데 그 뒤에 있는 남자들의 표정이 어색했다. 선두에 서 있는 남자 역시 한심스럽다는 눈빛과 함께 비웃음을 짓고 있었다.

"이 새끼들은 어떻게 점심시간만 되면 땡땡이냐?"

"땡땡이?"

"그래, 이 새끼들아. 아오, 하필이면 왜 이딴 데로 배정돼서는……. 안 따라와? 일하지 않는 자, 처먹지도 말라는 말 몰라?"

"……."

노형진은 말하지 않았지만 대충 상황을 알 것 같았다.

점심시간이 끝난 지 얼마 안 되었으니 막 졸릴 시간이다. 그리고 당연하게도 그들을 위한 오침 시간 따위가 있을 리 없다.

"이 새끼들이 진짜. 아오, 망할 짱깨 새끼들."

척 보니 그 뒤에 있는 사람들은 몰래 짱 박혀서 자려고 하던 사람인 모양이었다.

"이리로 안 와?"

"……."

노형진은 마치 걸렸다는 표정을 지으면서 뒤에 가서 섰다.

"우리가 일하라고 돈 주지, 놀라고 돈 주냐? 이 망할 짱깨 새끼들."

한국인 관리관은 중국인들이 알아듣든 못 알아듣든 툴툴거리면서 그들을 데리고 다시 창고로 향했다. 그리고 그동안에도 중국인 인부들은 노형진에게 그다지 관심을 주지 않았다.

'다행이다.'

트럭에 타기 위해서 허름한 옷으로 갈아입은 데다가 중국 특유의 타인에게 무관심한 문화 덕분에 노형진에 대해서 누구도 말하지 않은 것이다. 사실 매일같이 사람이 바뀌는 부분도 있으니 당연히 말할 이유도 없었다.

"어서 들어가서 일해!"

노형진은 그 사람에게 떠밀리듯이 공장 안으로 들어갔다.

안에 있던 직원들은 무심하게 고개를 들었다가 다시 고개를 숙이고 일할 뿐이었다.

"하아."

뒤에 있던 중국인 남자는 한숨을 쉬면서 자신의 자리로 가자 노형진도 눈치를 보면서 빈자리로 다가갔다.

"빨리빨리 하라 해."

마구 다그치는 중국인 팀장.

그의 말을 들으면서 노형진은 일을 하는 척했다.

'이거 운이 좋다고 해야 하나…… 나쁘다고 해야 하나?'

확실하게 안에 들어와서 증거는 확보할 수 있었다. 단순히 일하는 장면이 아니라 각 명품의 제작 과정을 자세하게 찍을 수 있었던 것이다. 나쁜 점은 눈치가 보여서 나갈 수가 없다는 것.

'어쩐다…….'

노형진은 조용히 주변을 살폈다.

고개를 푹 숙이고 일하는 사람들. 그리고 그들 주변을 돌아다니면서 감시하는 사람들.

'이건 완전히 노예잖아?'

여기서 일하던 사람들이 왜 나가서 짝퉁을 만드는지 알 것 같았다.

사람을 사람으로 보지 않고 하나의 부품으로 봐서 노예처럼 일하도록 되어 있는 구조. 끊임없이 감시하는 그 시스템.

'이런, 이런…….'

채찍만 들고 있으면 이건 빼도 박도 못하는 노예 시스템이었다.

"빨리 일해. 불량이 나면 임금에서 깐다."

심지어 불량을 직원에게 뒤집어씌우기까지 하는 행동을 보면서 노형진은 자신도 모르게 눈을 찌푸렸다.

그때 그런 노형진의 행동이 마음에 안 들었는지 한 감독관이 그에게 다가왔다.

"뭐, 불만 있어?"

"아닙니다."

"그런데 왜 표정이 그따위야?"

"그냥……."

철썩.

그 순간 돌아가는 노형진의 얼굴. 그리고 한쪽 얼굴에 남은 따귀의 흔적.

"불만 있으면 아가리 닥치고 일해."

"……."

"병신 같은 놈들."

멀어지는 남자.

노형진은 그가 한국인이라는 것을 어렵지 않게 알 수 있었다.

'갑질 쩌는구만.'

하긴 이런 일에 비밀리에 투입되는 사람이 좋은 성격일 수가 없다. 좋게 말하면 믿을 만한 사람이기는 하지만, 나쁘게 말하면 토사구팽의 대상이 될 수도 있다는 것을 그들도 알 테니까.

'그나저나…… 여기서 나가야 하는데…….'

노형진이 막 곤란해하던 차였다.

'응?'

그의 눈에 들어온 것은 방금 노형진의 얼굴을 치고 간 남자가 누군가와 이야기하는 모습이었다. 그들은 연신 자신이 있는 쪽을 바라보고 있었다.

'이런 씨발…….'

그들의 눈빛을 봐서는 심각한 이야기가 오가는 모양이었다.

'빌어먹을. 내 얼굴을 아는 건가?'

생각해 보면 노형진은 제법 얼굴이 알려진 변호사다. 언론 플레이할 때도 몇 번 앞에 나섰고 과거에 모 프로그램에서 고정 패널로 출연한 적도 있으니 한국인이라면 아무리 허름하게 했다고 하지만 그의 얼굴을 알고 있을 수도 있다.

'이런 염병할…….'

노형진이 자리에서 일어나서 도망갈까 하고 생각했지만,

앞쪽에서 두 사람이 점점 자신에게 다가오고 있었고 앞쪽과 뒤쪽에 있는 입구는 이미 총을 든 경비원이 지키고 있었다. 누가 봐도 자신을 잡으려고 하는 태세였다.

'망했다.'

노형진은 주변이 무기가 될 만한 걸 찾으려고 했다. 하지만 있는 거라고는 눈앞에 있는 구형 재봉틀이 다였기 때문에 저항할 방법이 없었다. 심지어 의자조차도 나사로 고정된 것이었다.

'이런 젠장.'

눈앞이 캄캄해지는 찰나였다.

와장창!

뭔가 부서지는 소리가 들리면서 앞문이 박살이 났다.

"끄아아악!"

입구를 지키기 위해서 서 있던 경비원들은 뒤에서 날아온 문짝에 맞아서 허공을 날았고, 노형진을 비롯한 모두의 시선이 그쪽으로 향했다.

"뭐야!"

"우에엑!"

"으악…… 이거 무슨 냄새야!"

문을 뚫고 들어온 걸 본 사람들은 기겁하면서 그쪽에서 멀어졌다. 그럴 수밖에 없는 것이 문을 뚫고 들어온 것이 아까전 노형진이 타고 온 짬트럭이었던 것이다. 그것도 아까처럼 비어 있는 게 아니라 짬으로 꽉 차 있는 트럭.

"우에엑!"

"웩웩!"

거의 화생방에 가까운 냄새 때문에 사람들은 뒷문으로 도망치기 시작했고, 노형진에게 다가오려던 사람들은 당황해서 그들을 막으려고 했다.

"뭐야!"

"멈춰!"

하지만 트럭에서 쏟아진 짬이 사방으로 퍼지면서 냄새는 점점 심해졌다.

"막아!"

경비대장은 당황해서 막으라고 했지만 수백 명이 한꺼번에 뒷문으로 몰리자 그 뒷문을 막던 경비원 두 명으로는 그들을 막을 수가 없었다. 그들에게 총을 쏠 수는 없는 노릇인데다 자신들 역시 냄새 때문에 질식할 지경이었기 때문이다.

"웩에엑!"

결국 문을 박차고 나가는 사람들.

노형진은 잽싸게 그들에게 섞여서 바깥으로 뛰어나갔다.

그가 나갔을 때 사방에서 경비원이 그쪽으로 몰려오고 있었다. 건물 바깥으로 나갔다고 하지만 그래도 여전히 그들의 영역 안이었던 것이다.

부아아앙!

그 순간 들리는 거친 엔진 소리.

다들 그쪽으로 시선이 돌아갔는데, 그곳에서는 트럭 한 대가 거칠게 달려들고 있었다.

"으아악!"

"막아!"

"늦었어! 피해!"

벽돌도 아니고 그냥 철조망으로 된 담에 트럭을 막을 힘따위는 없었다.

순식간에 철조망을 뚫고 들어온 트럭.

"히이익!"

트럭을 피해서 움직이는 사람들.

트럭은 아슬아슬하게 사람을 치지 않고 멈춰 섰고, 그 트럭을 알아본 노형진은 트럭을 향해 사력을 다해서 뛰었다.

"노 변호사!"

문이 벌컥 열리면서 안에서 모습을 드러내는 김성식.

노형진은 뛰어들다시피 트럭 안에 올라탔고, 김성식은 주저하지 않고 가속페달을 밟았다.

"잡아라!"

뒤늦게 튀어나온 경비원들이 그쪽을 향해 총을 갈기기 시작했지만 이미 권총으로 맞히기에는 상당히 먼 거리까지 도망쳐서 대부분의 총알은 허무하게 빗나갈 뿐이었다.

와장창!

"이크."

몇몇은 유리를 깨기도 했지만 다행히 노형진이나 김성식은 그 총을 맞지 않고 도망칠 수 있었다.

"이게 어떻게 된 겁니까?"

노형진은 몸을 숙이면서도 기가 막히다는 듯 김성식을 바라보았다.

"이봐, 나 중수부장이었던 사람이야. 일이 틀어진 것쯤을 모를 것 같아?"

"아!"

김성식은 노형진이 들어가고 난 후 숨어서 상황을 보고 있었다. 그런데 상황이 이상하게 돌아가기 시작했다. 경비원들이 웅성거리더니 몇몇이 안쪽으로 들어가는 것이 보인 것이다.

"이 차야 아까 우리가 빌린 거니 그렇다고 치고, 짬트럭은 어떻게 구하신 겁니까?"

시간상 자신을 태우고 들어간 짬트럭은 이미 그곳에서 멀리 벗어나야 했다.

물론 돈을 받고 노형진을 들여보내 줬지만 노형진을 구하기 위해 그가 돌진했다고는 보기 힘들었다. 그리고 그 질문에 왠지 김성식의 표정이 묘해졌다.

"설마 돈을 주신 겁니까?"

그럴 가능성이 가장 높다. 하지만 생각해 보면 그건 말도 안 된다.

'그렇게 큰돈을 가지고 다니지는 않으실 텐데.'

빌리는 것이 문제가 아니다. 그 짬트럭으로 그가 공장을 들이받을 이유가 없는 것이다. 그렇게 된다면 자신이 그곳에서 잘리는 것뿐만 아니라 막대한 손해배상을 해야 할 테니까.

"아, 그거?"

김성식은 씩 웃었다. 그리고는 주먹을 들어서 흔들었다.

"검사들은 기본적으로 격투기를 배워야 하거든. 나도 유도를 좀 할 줄 안다네."

"헐?"

그러고 보니 사람이 들이받은 것치고는 트럭이 이상하기는 했다. 문을 부수고 들어오고 난 후 방향을 잡지 못하고 나동그라졌으니 말이다.

"뭐, 많이 다치지는 않았을 거야."

씩 웃는 김성식의 말에 노형진은 그를 멍하니 바라볼 수밖에 없었다.

뒤통수를 칩시다

"무리네요."

"뭐라고?"

간신히 정보를 모아서 한국으로 돌아온 노형진은 바로 증거를 분석하기 시작했다. 그는 그 증거를 분석하면서 성화의 철두철미함에 혀를 내두를 수밖에 없었다.

"무슨 소리인가, 노 변호사? 뒤에 성화가 있다면서?"

"네."

"그런데 왜 무리야?"

노형진이 가지고 온 계약서 그리고 그들의 공장에서 촬영한 영상까지 증거는 넘쳤다. 그런데 무리라니?

"이걸 비교해 주십시오."

노형진은 유민택에게 두 장의 사진을 건넸다.

그걸 받아서 자세하게 보던 유민택은 얼굴을 찌푸렸다.

"이건?"

"이쪽은 지오나코 가문에서 몰래 찍어 온 계약서입니다. 그리고 이쪽은 외부와 계약할 때 성화에서 쓰는 도장이고요."

"다르군."

"네, 아주 흡사하기는 하지만 자세하게 보면 다릅니다."

"끄응……."

두 도장은 얼핏 보면 비슷하게 생겨 있었다. 하지만 그 내부를 자세하게 보면 비슷하면서도 미묘하게 다르게 되어 있었다.

"아마도 이번 일을 위해서 새로 도장을 판 모양입니다."

"끄응…… 그렇겠지……. 도장 파는 건 얼마 안 하니까."

도장을 새로 파는 건 어려운 일이 아니다.

"이건 안 되겠군."

성화가 기존에 쓰던 도장이 아닌 다른 모양의 도장을 사용했다면 신고했다고 한들 성화가 이건 위조라고 하면 할 말이 없어진다. 당장 재판에 들어가면 전혀 다른 도장이라는 것이 드러날 테니까.

"하지만 현장에서 찍어 온 것도 있지 않은가?"

"그게…… 저도 그 당시에 찍어 온 사진들을 확인했습니다만……."

"그런데?"

"공장인 걸 알 수는 있지만 성화인 것은 알 수 없더군요."

"그런……."

실내에는 분명 지오나코와 빈센코라는 이름이 걸려 있었고, 각각의 라인이 따로 움직이고 있었다. 언론에 드러난 것처럼 지오나코와 빈센코가 명품이 아니라는 확실한 증거인 것이다.

"하지만 그렇다고 해서 그게 성화의 속임수라는 증거가 되지는 않지요."

"젠장……."

회사 어디에도 성화와 연결시킬 수 있는 물건은 없었다. 직원들은 알지도 모르지만 그들의 신상을 알아내지는 못했다. 설사 알아낸다고 해도 그냥 퇴직한 직원이라고 하면 할 말이 없다.

'어쩌면 벌써 퇴직 처리를 했는지 모르지.'

노형진에게 당하기는 했지만 성화는 이런 쪽으로는 도가 튼 기업이다. 그러니 이미 퇴직 처리를 해서 나중을 대비했을지도 모른다.

"이런 상황에서 신고하면 도리어 우리가 명예훼손과 허위 사실 유포로 역고소당할 겁니다."

물론 지오나코와 빈센코 역시 치명적인 타격을 입겠지만 그건 성화가 타격을 입는 게 아니다. 그들은 바로 손을 털고 나올 테니까.

"그럼 어쩌란 말인가? 이대로 성화가 가짜를 팔아먹게 두란 말인가?"

"고민이네요."

노형진 역시 생각지도 못한 문제로 인해 머리를 벅벅 긁었다.

'이번에는 진짜 작심한 모양인데?'

이리저리 뒤져 봤지만 성화가 관련되어 있다는 증거는 오로지 심증뿐, 물증은 전혀 없었다.

물론 어딘가에는 물증이 있을 테지만 그건 그들의 손에 있을 가능성이 높다. 즉, 아무리 노력해도 그걸 자신들의 손에 넣을 수는 없는 것이다.

"망할 성화 놈들."

유민택은 이를 빠드득 갈았다.

자신의 철천지원수인 성화다. 그 복수를 위해 은퇴했던 그가 다시 경영 일선에 복귀한 것이다. 그런데 그들의 사기 행각을 그냥 두고 볼 수밖에 없다니.

"흠……."

노형진은 이런저런 생각을 하면서 서류들을 바라보았다.

'역시…… 이번에는 성화에 직접적인 피해를 주는 것은 불가능하겠어.'

깔끔하게 뒷수습이 되는 성화의 시스템.

'아무래도 청계의 인력 중 일부가 흘러들어 간 것 같아.'

청계가 사라졌다고 하지만 그 인력이 다 사라진 것은 아니다. 범죄를 설계해 준 죄로 인해서 일부 상위층이 잡혀 들어가기는 했지만 그곳에는 많은 변호사들이 있었으니 그중에서 일부는 성화로 갔을 가능성이 높다.

"망할 놈들……. 그냥 신고라도 하세. 최소한 지오나코와 빈센코가 사라지면 그 녀석들의 현금 유동성에 문제는 생기겠지."

"그거야 그렇지요."

이유는 알 수 없지만 지오나코와 빈센코를 만든 것은 성화가 현금을 확보하기 위한 것이라고 생각하고 있다. 즉, 증거로 경찰에 넘겨줘서 이슈만 만들어도 상당한 타격을 줄 수 있다는 소리다.

"하지만 제 생각은 좀 다릅니다."

"다르다?"

노형진의 말에 유민택은 고개를 갸웃했다.

"유 회장님."

"응?"

"이런 말이 있지요. 똥통을 청소하기 위해서 자신의 몸에 똥을 안 묻힐 수는 없다고요."

"무슨 말을 하고 싶은 건가?"

"유 회장님은 저들과 같은 인간이 되실 각오가 되어 있습니까?"

유민택은 얼굴이 딱딱해졌다.

지금까지 노형진은 상생에 관련된 이야기를 많이 했고, 유민택은 그에 감명받아서 상생을 목적으로 기업을 운영했다. 그리고 그 덕분에 다른 기업들을 제치고 빠르게 성장할 수 있었다.

"그게 무슨 말인가? 그러니까 나보고 성화와 같은 짓을 할 수 있느냐고 물어보는 건가?"

"네, 그렇습니다."

노형진은 진지하게 바라보면서 물었다.

'이건 그냥 법으로 해결할 수 있는 건 아니야.'

법적으로 신고해 봐야 증거도 없고 도리어 자신들이 명예훼손이나 허위 사실 유포로 처벌받을 수 있는 사항이다. 그렇다고 그냥 두고 볼 수도 없다.

'결국 이기려면 상대방과 똑같아져야 한다는 거지.'

사람들은 언젠가는 선이 승리한다고 믿는다. 하지만 그 승리의 과정에는 일정 부분의 악이 필요하다. 상대방이 악한 방법으로 끊임없이 덤벼드는데 이쪽에서 무조건 선한 방법만으로 대응한다면 승리하는 것은 악이다. 결국 선이 승리하기 위해서는 선한 목적을 이루기 위한 악한 행동이 필요하다.

'그게 바로 필요악이야……. 과연 유 회장님은 그걸 할까?'

가령 살인은 나쁜 짓이다. 하지만 전쟁터에서 침략자를 죽이는 것은 정당하다. 왜냐? 그건 필요악이기 때문이다. 철저하게 선으로만 대응해서 그들을 말로 설득한다는 건 헛소리에 지나지 않는다.

"물론."

하지만 노형진의 그런 생각은 기우였다.

"그 녀석들에게 피해만 줄 수 있다면 난 어떤 행동이든 두렵지 않네."

아무리 가문의 도움을 받았다고 하지만 유민택은 대룡이라는 거대한 기업을 일군 사람이다. 그런 사람이 그 정도 일을 두려워한다면 대룡을 일구지는 못했을 것이다. 악이라도 필요할 때는 해야 한다는 것을 알지 못하는 이상 언제나 도망만 다녔을 테니까.

"방법이 있으면 말해 보게."

"방법이 있습니다."

"그래, 어떤 방법인가?"

"잠시 귀 좀."

극도로 비밀을 유지해야 하는 것이기 때문에 노형진은 유민택의 귀에 대고 조용히 계획을 설명했다. 그러자 유민택은 그 말을 듣고는 약간은 얼굴을 굳혔다.

"그리 좋은 계획은 아니군."

"네, 만일 드러난다면 도리어 대룡의 피해가 클 겁니다."

"음……."

"하지만 이게 성공한다면 성화는 이러지도 저러지도 못한 채로 막대한 피해만을 보겠지요. 당장 처벌받지는 않겠지만 대신에 장기적으로 큰 피해가 발생할 겁니다."

"그렇겠지."

"성화의 목적이 현금을 확보하기 위해서 이런 행동을 한 것이라 가정한다면 도리어 신고하는 것보다 더 큰 피해를 입을 수밖에 없지요."

"……."

유민택은 잠시 침묵을 지켰다.

안전을 위해서라면 하면 안 된다. 하지만 그 안전을 무시하고 실전에 나섰을 때 성화가 입을 피해를 생각하면 절대로 거절할 수 없는 작전이기도 했다.

"악마의 속삭임 같군."

"그럴지도요."

문제가 될 수밖에 없지만 그걸 거절할 수 없는 악마의 속삭임. 노형진의 계획은 바로 그런 느낌이었다.

"그런데 실행은 가능한가? 당장 실행하기에는 준비할 게 많은데."

노형진은 피식 웃었다.

"사실은 이미 준비되었습니다."

"뭐라고?"

"이미 준비하고 왔습니다. 이렇게 대답하실 거라 생각했거든요."

"허."

유민택은 혀를 내둘렀다. 결국 유민택이 어떤 선택을 할지 노형진은 알고 있었다는 뜻이기 때문이다.

"그럼 언제부터 시작할 수 있나?"

"바로 지금부터입니다."

유민택은 고개를 끄덕거렸다.

"그럼 바로 시작하세."

"네, 이번에는 성화에서 상당히 큰 피해를 입을 겁니다. 후후후."

"이게 뭐야?"

김두필은 당황스러움을 감추지 못했다. 보고서는 생각지도 못한 문제가 터져 나왔음을 알려 주고 있었다.

"짝퉁?"

"그렇습니다."

"그러니까 가짜가 퍼지고 있다고?"

"네."

갑자기 무서운 속력으로 퍼지기 시작한 짝퉁, 속칭 가짜 때문에 생각지도 못한 피해를 입고 있다는 것이다.

"도대체 어떻게?"

"주로 인터넷과 동대문 등지에서 퍼지고 있습니다."

"아니…… 어떻게?"

"그게 저도 잘……."

물론 짝퉁이라는 게 없지는 않을 거라 생각하지는 않았다. 하지만 이건 상상 이상으로 빨리 퍼지기 시작한 상황.

"끄응…… 막을 수 있나?"

"막으려고 노력 중입니다만…… 쉽지 않습니다."

"젠장."

사실 인터넷이나 기타 홈쇼핑 등은 짝퉁, 그러니까 가짜를 막으려는 노력을 잘하지 않는다. 잘만 팔린다면 자신들과는 상관없는 일이기 때문이다.

"도대체 들어오는 놈이 누군지 알아내긴 했나?"

"일단 경찰에 신고는 했습니다. 하지만 경찰의 말로는 찾는 건 힘들 거라고……."

이 짝퉁 상인들이 활동한 건 한두 해 문제가 아니다. 오죽하면 특정 브랜드는 시중에 있는 물건의 90%가 가짜라는 말이 있을 정도로 이들은 오랫동안 활동했다. 하지만 대부분의 경우 제대로 처벌받는 경우는 없었다.

"으음……."

김두필은 약간 신음성을 내기는 했지만 솔직히 이 시점에서 뭐가 문제인지 몰랐기 때문에 그저 얼굴을 조금 찡그린 정도였다.

이것이 법이다

"당장 이 짝퉁 상인들을 잡을 수 있도록 신고해."

"네."

"원, 별⋯⋯."

"사장님, 어차피 이건 각오한 일입니다."

"그렇기는 하지. 한편으로는 좋아해야 하는 일이기도 하고 말이야."

"그렇지요."

짝퉁이 나오기 시작했다는 것은 명품의 반열에 들어섰다는 뜻이기 때문이다. 웬만한 상품에는 짝퉁이 나오지 않는다. 돈이 안 되니까.

"일단은 잘 막아 봐."

"네."

그는 그렇게 무심하게 말했지만 사실 이 문제는 생각보다 큰 문제였다.

⚖

"잘 팔리고 있습니까?"

"없어서 못 판다고 하더군요."

노형진은 피식 웃었다.

시골에 있는 허름한 창고. 그곳에 가득 쌓여 있는 엄청난 양의 물건들. 그것들은 터무니없이 싼 가격에 전국 각지로 날아가고 있었다.

"그나저나 이걸 어디서 구하신 겁니까?"

"중국이지요."

"벌써 중국에 짝퉁이 돈 건가요?"

"뭐, 일부지만요."

세계적인 브랜드가 아닌 만큼 중국에서도 대단위 짝퉁 공장이 생기지는 않을 것이다. 하지만 한곳에서 나오는 모든 가짜를 노형진이 다 수입하고 있으니 그 양은 적지 않았다.

"그나저나 성화에서 대응을 제대로 못하는 것 같네요."

"못하는 게 아니라 방법이 없는 겁니다. 수십 년 동안 다른 명품 브랜드들이 몰라서 그걸 그냥 두겠습니까?"

"하긴. 그렇게 보면 또 그러네요. 그나저나 성화 녀석들 속이 좀 터지겠습니다."

"그럴 겁니다."

당장 정품 매장에서 한 벌에 800만 원 하는 원피스가 짝퉁으로 사면 대략 25만 원 선이다.

더군다나 그들은 모르지만 이건 원단과 기술자까지 똑같은 사실상 원본인 만큼 사람들로부터 열광적인 호응을 받고 있었다.

'이 정도 질에 25만 원이면 사실상 거저거든.'

옷에는 수익률이라는 게 있다. 사실 동일한 수준의 옷을 한국에서 살 경우, 백화점에서는 100만 원 세일을 한다고 해도 80만 원은 넘어야 살 수 있다. 그런데 정작 짝퉁이 25만 원이다. 브랜드 가치를 떠나서 옷 자체의 성능이나 디자인만으로도 충분히 살 만한 가치를 가지고 있는 것이다.

지오나코 같은 시계도 마찬가지다. 명품이라는 디자인을 가지고 있는 만큼 그 디자인은 아름답다고 할 수준이었고 사람들에게 많은 관심을 끌 수밖에 없는 디자인이었다.

"이대로 하세요. 최대한 많이 그리고 빨리 퍼트려야 합니다."

"하지만 수익률이 너무 낮은 거 아닌가요?"

사실상 원가에 가까운 돈으로 뿌리고 있었기 때문에 담당자는 영 마음에 안 드는 눈치였다.

"단순히 돈을 벌기 위한 게 아닙니다. 우리 목적은 성화에 피해를 주기 위한 겁니다. 우리가 수익을 내기 위해서 좀 더 가격을 올리면 당연히 판매량은 줄어들 테고 성화에 대한 공격 역시 약해지는 꼴이 됩니다. 마음 같아서는 그냥 공짜로 뿌리고 싶지만 그럴 수 없다는 게 안타깝네요."

"하긴……."

노형진의 말에 고개를 끄덕거린 남자는 포장하고 있는 사람들을 바라보았다. 전국에서 요구하는 물량을 대기 위해서는 진짜로 바쁘게 움직여야 했다.

"그런데 다음 물량은 언제 들어온답니까?"

"아마도 조만간 들어올 겁니다. 그쪽에서 대폭 인력을 충원했다고 하더군요. 주문량이 많아서 아주 입이 찢어지려고 하는 것 같습니다."

"그래요?"

"네."

노형진은 성화가 그들을 어떻게 대하는지 알고 있다. 당연히 대폭 인력을 충원했다는 것은 단순히 사람을 새로 뽑았다는 소리가 아니었다. 그들에게 필요한 인력은 숙련공이고 그 숙련공을 뽑을 수 있는 곳은 단 한 곳뿐이니까.

"조만간 벌어질 일에 대해서 기대해도 좋습니다. 으하하."

하지만 그 일이 뭔지 모르는 직원은 그저 고개를 갸웃할 뿐이었다.

⚖

"장난해!"

서울 강남 한복판, 명품이라는 명품은 다 모여 있는 그곳에서 한 여자의 고성이 울려 퍼졌다.

"내가 이걸 얼마에 산 줄 알아? 1,200이야! 1,200! 그런데 세 번도 못 입고 올이 나갔어! 지금 이걸 입으라고 만든 거야?"

"죄송합니다, 죄송합니다……."

"죄송하면 다냐고!"

여자는 얼굴이 붉으락푸르락해졌다.

"너희 때문에 내가 얼굴을 못 들고 다니게 생겼다고!"

얼마 전 모임이 있어서 빈센코에서 새로 산 옷을 입고 나갔다. 그런데 그곳에 갔더니 절반은 빈센코를 입고 있었다.

물론 처음에는 피식 웃었다. 그중 대부분이 가짜라는 것을 예상했기 때문이다.

"이거 어쩔 거야? 앙?"

자신은 정품이니까. 그래서 더욱 당당했다. 근데 문제는 그 행사 중에 올이 나가면서 옷이 찢어졌다는 것.

"이 창피를 어떻게 하냐고!"

다들 괜찮냐고 물어보기는 했지만 그들의 얼굴에 서린 감정은 비웃음이었다. 어디 짝퉁을 입고 와서 진짜인 척하느냐는 그런 의미의 비웃음.

정작 짝퉁은 상태가 좋은데 정품은 올이 나가 버린 것이다.

"당장 수선을……."

"수선? 수선? 지금 너희들이 명품의 개념이나 알아? 앙? 수선? 세상에 세 번 입고 나가는 옷이 명품이냐고!"

마구 화를 내는 아줌마와 당황해서 어쩔 줄 모르는 직원들.

그런데 그와 비슷한 사건이 전국 곳곳에서 벌어지고 있었다.

"환불해 줘."

"손님, 환불은 좀……."

"장난하냐, 지금?"

시계를 샀는데 제대로 돌아가지도 않는다.

"방수라며? 그런데 비 한번 맞았다고 시계가 고장 나?"

"완전 방수는 아니고…….."

"그래서? 내가 물에서 수영을 했냐, 아니면 그걸 물에 담갔냐? 지나가는 소나기 한번 맞은 거야. 그런데 그게 고장이 나?"

"…….."

"너희, 명품 맞아?"

"맞습니다. 저희는 스위스 시계 가문인 지오나코의 자존심을…….."

"블라 블라 블라…….. 헛소리하지 말고 반품해 줘. 내가 가진 시계가 한두 개가 아닌데 이딴 고물을 팔아먹으면서 명품이라고 하는 녀석은 여기가 처음이다."

"손님, 규정상 교환은…….."

"아, 시끄러워. 반품해 달라고! 반품! 알겠어?"

⚖️

"어떻게 한 건가?"

"뭘요?"

유민택은 마치 마법을 본 듯한 얼굴로 노형진을 바라보았다.

"지오나코랑 빈센코 말이야. 요 근래 들어서 그 질이 엄청나게 떨어졌다고 하더군. 도리어 짝퉁 질이 더 좋다는 소문이 퍼지고 있던데? 그 덕분에 짝퉁이 더 잘 팔리고 있어."

"아, 그거요?"

노형진은 씩 웃었다.

"옷을 싸게 **뿌리니까** 가능한 거죠."

"뿌려?"

"네, 전에 말씀드렸다시피 지오나코와 빈센코는 물건 자체가 나쁜 건 아닙니다. 다만 그 질에 비해서 터무니없이 가격이 비싼 거죠. 애초에 명품도 아니면서 명품인 척했으니까요."

"그렇지."

"그런데 동일한 옷을 싼 가격에 뿌리면 무슨 일이 벌어질까요?"

"음…… 당연히 사려고 하는 사람이 많겠지?"

"네, 그래서 제가 거의 수익을 남기지 말라고 말씀드린 겁니다."

짝퉁이라는 점을 넘어서 대부분의 국산 옷보다 싸고 질이 좋다면 당연히 사람들이 찾기 마련이다.

"그렇게 되면 짝퉁 공장은 그 판매량을 늘리기 위해서 직원을 뽑아야지요."

"그렇지. 그러면…… 아! 알겠구만."

"네, 그런 겁니다."

이 짝퉁 공장은 성화의 공장에서 숙련공들을 빼서 고용한다. 숙련공들은 이쪽이 임금이 더 높고 최소한 성화보다는 인간적으로 대해 주기 때문에 주저하지 않고 공장을 옮긴다.

"그 후에 성화가 할 수 있는 건 결국 초짜들을 고용하는 것뿐이죠."

초짜들이 만들기 시작하면 당연히 질이 떨어지기 마련이다.

"그래서 그렇게 공격적으로 팔라고 한 거구만?"

"네, 우리가 재고를 뒤집어쓸 수는 없으니까요. 하지만 그쪽에서는 만들게 해야지요."

짝퉁 공장이 빠르게 성장할수록 지오나코와 빈센코의 질은 급속도로 떨어질 수밖에 없다.

"그나저나 돈은 어느 정도 준비되었습니까?"

"일단 자금은 어느 정도 확보되었네. 아무리 싸게 판다고 하지만 아예 수익이 없는 건 아니니까. 가문에서도 이번에는 긍정적으로 보고 있고 말이야."

다음 계획을 위해서는 막대한 자금이 필요하다. 그렇기 때문에 유민택은 상당한 자금을 준비하는 중이었고, 노형진은 그때를 노리면서 성화의 뒤통수를 칠 준비를 하고 있었다.

"그러면 2차 작전에 들어갈 타이밍이군요."

"2차 작전? 이르지 않을까?"

"아니요. 지금이 딱 좋습니다. 아마도 성화에서는 말 그대로 멘붕하게 될 겁니다."

⚖️

"이런 미친……."

김두필은 자신도 모르게 부들부들 떨었다.

"도대체 뭐하는 거야! 제대로 못 막아!"

"죄송합니다. 워낙 신출귀몰한 상대라……. 거기에다 한 두 명도 아니고……."

"이게 죄송하다는 말로 해결될 문제야!"

자신들이 론칭한 명품 브랜드 지오나코와 빈센코의 짝퉁이 이제는 아예 시장에까지 흘러넘치기 시작한 것이다.

물론 지금 도는 짝퉁과 아주 동일한 건 아니다. 지금 도는 짝퉁이 질적인 면에서 자신들과 아주 똑같은 물건이라면, 지금 도는 것은 원단도 싸구려고 시계 같은 것은 그저 겉모습만 흉내 낸 일종의 B급 짝퉁이었다.

"어쩔 거야!"

문제는 자신들의 상품의 질이 떨어지면서 순식간에 그 B급만도 못하다는 소리를 들을 정도로 욕을 먹고 있다는 것이다.

물론 실제로는 그 정도까지는 아니었지만 그만큼 지오나코와 빈센코의 브랜드 가치가 떨어지고 있다는 것을 뜻했다.

"지금 이거 보여! 응? 보이냐고!"

지난주 두 브랜드의 수익은 총 1억 3천. 시계 하나와 원피스 하나뿐이다. 전국에 있는 이십여 군데의 매장에서 말이다.

"브랜드 가치가 완전히 개판이잖아!"

명품에서는 브랜드 가치가 생명이다. 브랜드 가치가 떨어진 명품은 더 이상 명품이 아닌 것이다.

"그게……."

아무리 짝퉁이라고 하지만 그와 동일한 디자인의 물건이 시장까지 돌아다니면 사람들은 그 옷의 정품을 잘 안 사려고 한다. 그럴 수밖에 없다. 명품을 드는 이유가 뭔가? 바로 차별성이다. 차별성을 가지기 위해서 명품이라는 것에 목을 매는 것이다.

그런데 비슷한 디자인이 넘치면 차별성이 사라진다. 당연히 그 브랜드에 관심을 안 가지게 된다. 어디서 비슷한 보면 의례적으로 짝퉁이려니 하는 것이다.

"당장 해결책을 찾아보란 말이다!"

"최선을 다해서 찾아보겠습니다."

그렇게 말하면서도 보좌관은 대책 없는 상황에 속으로 한숨을 삼킬 뿐이었다.

⚖️

"엄청나군."

"그렇지요?"

노형진은 마구잡이로 들어오는 짝퉁을 보면서 미소를 지었다.

"요즘 시내에 가면 굴러다니는 게 지오나코와 빈센코라고 하더군요. 특히 지오나코는 타격이 크답니다."

"그렇겠지."

요즘은 시계를 차거나 남성용품으로 꾸미는 남자가 드물다. 그걸로 꾸민다는 것은 결과적으로 다른 차이를 두기 위해서 꾸민다는 것이다. 그런데 그 차별성이 사라진 지오나코는 구매 능력이 있는 남자들에게 그다지 관심의 대상이 아니었다.

"빈센코 쪽은 그래도 버티는 모양이지만 이 물량이 풀리면 아마도 안 팔릴 겁니다."

"그렇겠지."

한 벌에 수백만 원에서 수천만 원이나 하는 옷. 그런데 똑같은 건 25만 원 비슷한 걸 단돈 몇만 원이면 살 수 있으니 진품에 접근하지 못하는 사람들이 어느 쪽으로 쏠릴지는 뻔한 일이었다.

"그럼 이제 마지막 작전을 준비해 볼까요?"

"마지막 작전을 말인가?"

"네. 그런데 그 전에, 자금은 다 확보되었나요?"

"다 되었네. 이야기도 어느 정도 끝났고."

"잘해 보세요. 이번에 잘되면 아마 대룡에서는 새로운 수익 모델을 만들게 될 겁니다."

"허허허."

노형진의 말에 유민택은 허허허거리면 웃을 수밖에 없었다. 처음에는 그냥 성화에 엿을 먹이고 싶어서 시작한 일이었는데 생각지도 못한 기회가 온 것이다.

'진짜로 아까워.'

아마도 노형진을 제대로 영입했다면 재계 서열 3위 진입이 꿈만은 아닐 거라 생각하는 유민택이었다.

"다만 가격은 좀 올리셔야 합니다. 아시죠?"

"아네. 우리라고 땅 파서 먹고사는 건 아니니까."

"자, 그럼 다음 작전을 시작해 볼까요?"

노형진의 말에 유민택은 고개를 끄덕거렸다.

"성화 녀석들의 표정이 볼만하겠구만. 하하하."

중국.

중국의 한자는 가운데 '중' 자와 나라 '국' 자를 쓴다. 즉, 자신들을 중심으로 생각한다는 뜻이다.

그 정도로 그들이 가난할지언정 한편으로는 엄청나게 자존심이 강한 일면이 있다. 일종의 대국으로서의 자존심이랄까?

그런데 어느 날 어느 다큐멘터리 감독의 작품이 중국 대륙을 뒤흔들었다.

−중심에서 노예로.

다큐멘터리는 간단한 내용이었다. 중국 내부에 들어온 수많은 기업들이 얼마나 가혹하게 중국인들을 착취하는지 보여 주는 다큐멘터리였다.

중국 사람들은 그걸 보고 분노했지만 성장 동력으로 그 기업들이 필요한 중국 정부가 그 다큐멘터리에 대한 상영을 막으면서 그다지 큰 이슈가 되지 못한 채로 끝났다. 한두 번 있었던 일이 아니니까.

그런데 그 후 중국이 아닌 한국에서 갑자기 엄청난 이슈가 되어 버렸다.

"저거 맞지?"

"맞네."

"뭐야? 명품이라면서?"

다큐멘터리 감독이 잠입 취재했다고 한 그곳.

수많은 중국인들이 노예처럼 일한다고 했던 그곳.

그곳의 영상이 인터넷에 떠돌면서 말이 많아진 것이다.

"아니, 스위스랑 프랑스에서 직수입한 명품이라고 하지 않았어?"

"스위스? 프랑스? 넌 저게 지금 스위스나 프랑스로 보이냐?"

"전혀."

"그럼 당연한 거지. 우린 속은 거야."

잠입 취재해서 그다지 좋아 보이지 않는 화질의 영상 속에 보이는 공간. 그곳에는 지오나코와 빈센코 생산 라인이 있었다.

심지어 완성품을 만드는 것을 보면 누가 봐도 같은 물건이었다.

"와, 진짜 너무하네."

"이거 완전 사기다."

사람들은 그렇게 영상을 돌려 보기 시작했고, 그건 그나마 버티고 있던 성화에 마지막 칼을 박는 결과가 되었다.

"……."

성화 일가의 집 안에서는 다들 멍하니 입을 다물고 있었다.

"이번 피해는?"

"대략…… 80억 정도…….."

"이런 젠장!"

김두필은 이를 박박 갈았다.

"넌 도대체 관리를 어떻게 한 거야!"

"내가 뭘!"

"네가 하던 일이었잖아! 내가 나서서 도와주기까지 했는데 그걸 말아먹어?"

"내가 실수한 거 아니거든!"

"그럼 누가 한 거냐고!"

"오빠가 한 거겠지."

"뭐라고?"

"솔직히 나한테 맡겨 두고 감 놔라 배 놔라 한 거, 오빠 아냐? 내가 내 스타일대로 한다니까 넌 말아먹은 전적이 있다고 하면서 마구 건드린 게 오빠잖아!"

"네가 유능했으면 이런 일이 안 벌어졌잖아!"

"난 유능한데 오빠가 방해한 거지!"

"이년이 진짜! 아직도 자기 잘못을 모르고!"

막 싸우려는 찰나, 보다 못한 둘째인 김두성이 나섰다.

"형님, 그만하세요. 화자 너도. 지금 우리는 해결해야 하는 게 있다."

"젠장!"

"흥!"

간신히 그 둘을 말린 김두성은 심각한 얼굴이 되었다.

"어찌 되었건 지오나코와 빈센코는 브랜드의 가치가 떨어졌습니다."

"그럼 어쩌자고?"

"철수가 정답입니다."

"뭐야! 뭘 한 게 있다고 정답이래!"

"그럼 넌 이 사태에 해결책이 있느냐? 있으면 말해 보거라."

김두성의 말에 화를 내던 김화자는 이를 박박 갈았다.

'두고 보자…….'

사실 두고 보자고 했지만 화자로서는 다급한 상황이었다. 그녀에게 남은 기업체는 단 하나, 성화화장품뿐이었다. 그런데 성화화장품은 그다지 유명한 브랜드는 아니다. 다른 성화에 비해서 중소기업 정도밖에 안 되는 수준이다. 즉, 사실상 그녀는 가문에서 축출된다는 소리였다.

"하지만 손해가……."

"손해가 아깝기는 하지만 그 두 브랜드는 더 이상 살릴 수가 없습니다. 아시잖습니까?"

"음……."

"만일 누군가 그 두 브랜드의 근원을 파고든다면 더 복잡해질 겁니다."

"젠장……."

김두필은 이를 박박 갈았다.

"이거 역시 그 새끼 짓이겠지?"

"그렇지요. 중국에서 얼마 전에 발견되었잖습니까?"

그 새끼란 다름 아닌 노형진을 뜻하는 것이다.

그리고 그들은 직감적으로 전면에 대룡과 노형진이 나서지 않았을 뿐, 그들이 뒤에서 무언가를 했다는 사실을 알고 있었다.

"죽여 버렸어야 했어."

"그러고 싶지만…… 상대방이 청룡파입니다. 그쪽을 건드리면 중국 시장은 못 가신다고 봐도 무방합니다. 공장마다 테러당할 겁니다."

"끄응……."

성화는 원가를 아끼기 위해 수많은 공장들을 중국으로 옮겨 났다. 만일 그곳에 테러가 시작된다면 버틸 수 없을 것이다.

'망할⋯⋯. 도대체 언제 중국까지 발을 넓힌 거야?'

오해라는 것을 알지 못하는 김두필은 이를 악물 수밖에 없었다.

"일단 그 공장은 우리 공장이 아니라고 발표는 했습니다. 때마침 짝퉁이 많이 돌고 있어서 그 짝퉁 공장이라고 둘러대기는 했습니다만, 어찌 되었건 브랜드 가치는 바닥입니다. 그리고 진짜 명품이라면 공장을 공개하라는 압력도 강해지고 있고요⋯⋯. 현재로써는 철수, 아니 폐업이 정답입니다."

김두성의 말에 다들 이를 악물 뿐, 대답할 수는 없었다. 그것 말고는 답이 없었기 때문이다.

⚖

"장난해!"

"환불해 줘!"

노형진은 지나가면서 빈센코 매장에 몰려 있는 사람들을 보고는 피식 웃었다.

'역시.'

갑작스러운 지오나코와 빈센코의 폐점.

그리고 그 담당자들이 사라지는 일이 벌어지자 사람들은

충격받았다. 그리고 조금씩 진실, 그러니까 지오나코와 빈센코라는 브랜드는 없으며 다 중국에서 들여온 물건이라는 소식을 듣고 분노했다.

'뭐, 이제 와서 할 수 있는 것은 없지만서도.'

이미 관련된 자들은 튄 지 오래인 만큼 저들이 할 수 있는 것은 없었다. 억울하지만 말이다. 명품이라는 이름에 현혹된 자들의 마지막이었다.

"쯧쯧."

혀를 끌끌 찬 노형진은 대룡의 본사 안으로 들어갔다. 그러자 그곳에서 기다리고 있던 유민택이 미소를 지으면서 다가왔다.

"그래, 어떻게 되었나?"

"잘되었습니다."

"그래?"

노형진은 방금 전 중국에서 오는 길이었다. 그 장소는 다름 아닌 지금까지 지오나코와 빈센코를 만들던 짝퉁 공장이었다.

"그들의 입장에서는 당황스러운 사태니까요."

"그렇겠지."

그들은 지오나코와 빈센코를 만들어서 팔았다.

대룡에서 지속적으로 요구량을 늘려 왔기 때문에 그들은 그걸 감안해서 엄청나게 사람을 많이 뽑았고 필요한 원단까지 많이 구해 둔 상태였다.

그런데 갑자기 지오나코와 빈센코가 망하면서 명품으로서 가치가 사라졌고 그 많은 재고가 악성이 되어 버린 것이다.

"이런 상황에서 군침이 도는 일이지요."

"하하하."

노형진은 그런 짝퉁 제작 업자에게 거래를 요청했다.

그 거래란 다름 아닌 공장을 넘기는 것.

사장은 고민했지만 결국 고개를 끄덕거릴 수밖에 없었다. 어차피 재고를 가지고 있어 봐야 팔릴 리 없는 쓰레기이기 때문이다. 더군다나 죄다 외상으로 가지고 왔기 때문에 대금을 전부 갚아야 한다는 압박감도 심했다.

"생각지도 못하게 의류 쪽으로 진출하는구먼."

"대룡어페럴이라……. 멋진 이름이네요."

대룡으로서는 운이 좋은 것이다. 그쪽에서 다급한 나머지 손을 털고 나왔으니까.

물론 대룡의 목표는 남은 재고가 아니었다. 재고는 이쪽에도 충분히 남아 있었다.

"일단 사람을 보내서 바로 인수하시면 됩니다."

"그렇단 말이지. 하하하."

대룡이 노린 것은 다름 아닌 그곳에 있는 숙련공이었다.

그곳에 있던 사람들은 성화에서 명품을 만들기 위해서 혹독하게 훈련시킨 사람들이다. 그런데 비상식적인 성화의 노

동정책 때문에 그만두고 짝퉁을 만드는 회사로 온 것이다. 그리고 그 회사가 망하면서 실직할까 두려워하는 상황. 그 틈에 대룡에 끼어들어서 그곳을 인수한 것이다.

"그들은 숙련공이니까 적당한 원단으로 싼 가격으로 판매한다면 상당한 수익을 낼 겁니다."

"나도 그럴 거라 생각하네."

유민택 회장은 요즘 경기를 보면서 불안감을 느끼고 있었다.

"점점 경기가 안 좋아지는군."

'그렇지. 당분간은 계속 안 좋을 거야.'

그런 상황에서 대룡이 질 좋고 싼 가격의 옷을 내놓는다면 대룡어페럴이 성장하는 것은 일도 아닐 것이다.

"덕분에 우리가 막대한 이득을 얻었네. 하하하."

이번 일에서 성화에게 입힌 피해는 그다지 많지 않다. 하지만 그 반작용으로 사실상 공장을 집어삼킨 대룡은 점점 커질 것이 확실했다.

"초심만 잊지 마십시오. 위기는 기회가 될 수도 있습니다."

"그래. 후후후."

왠지 유민택은 그 말이 마음에 와 닿는 느낌이었다.

독립은 아직 끝나지 않았다

"자, 여러분. 세상은 어떻게 봐야 할까요? 세상은 많은 것이 있습니다. 차이도 있죠."

강단 앞에서 열심히 연설하는 여자.

노형진은 시큰둥하게 자리에 앉아서 그런 그녀를 바라보고 있었다.

"노 변호사, 왜 그래? 재미없어?"

"네."

기업은 여러 가지 행사를 하기 마련이다. 그래서 가끔은 명사라는 사람을 초청해 강연을 하기도 한다. 그리고 오늘은 새론에서 명사를 초청해서 강연을 듣는 날이었다.

"세상을 살아가는 방법은 여러 가지가 있지만 그건 틀린 게 아니라 다른 겁니다. 모든 것을 틀렸다고 생각하는 것은 안 좋은 버릇이에요. 남을 존중하고 배려해야 세상이 밝아집니다."

제법 유명한 사람이라고는 들었지만 노형진은 그런 그녀의 말에 그다지 관심이 가지 않았다.

"가끔은 직원들과 변호사들의 관계를 수평적으로 만들어 둔 게 다행이다 싶네요."

"응?"

옆에 있던 송정한은 고개를 갸웃했다.

기본적으로 새론은 변호사와 직원의 관계가 수평적이다. 변호사가 팀장이라면 직원은 팀원인데 팀이란 해체할 수도, 새로 만들 수도 있기 때문이다. 물론 대기업은 팀장을 위의 직급에 두지만 말이다.

"아니, 왜?"

"안 그랬으면 꼼짝없이 저 앞에서 가서 저 지루한 강연을 들었어야 했을 테니까요."

"하하하."

송정한은 자신도 모르게 작게 웃었다.

이런 행사가 있으면 보통 앞자리에 앉은 사람들은 높은 직급의 사람들이다. 하지만 새론은 추첨으로 자리를 잡았다.

선착순으로 하지 않은 이유?

그건 간단하다. 누구도 그럼 빨리 안 가려고 할 테니까.

"이해하네."

송정한 역시 안다는 듯 고개를 끄덕거렸다.

자신 역시 저런 뻔한 말을 듣고 싶은 생각은 없었다. 다만 규정상 해야 해서 할 뿐이었다.

"여러분들은 법을 다루다 보니 아무래도 편견에 사로잡혀 있습니다. 세상을 볼 때 절대로 틀리다고 생각하지 마세요. 다르다고 생각하세요. 그건 그들의 삶의 방식입니다. 다르다고 인정하는 순간 모든 스트레스는 사라집니다."

그녀의 강의는 점점 열기를 띠며 진행되었다.

'아…… 진짜 뻘 짓 한다.'

노형진은 한숨을 쉬었다.

이때쯤이었다, 갑자기 틀린 게 아니라 다른 것으로 삶을 받아들여야 한다는 운동이 일어난 것은.

그런데 결과적으로 시간이 지나서 그건 그냥 뻘 짓에 지나지 않았음을 아는 건 얼마 걸리지 않았다.

'다르기는 개뿔.'

틀린 건 틀린 거다. 그걸 다르다고 인정해 버리면 사회는 돌아갈 수가 없다.

"거기 회색 양복 입은 직원분, 발표하세요."

"네?"

생각에 빠져 있는 사이 송정한이 옆구리를 쿡 찌르자 깜짝 놀란 노형진.

"아까도 말씀드렸다시피 다르다는 것을 인정하는 일종의 과정입니다. 세상을 틀린 게 아니라 다르다고 말할 만한 예시를 말해 보세요."

딱 보아하니 노형진이 관심을 안 가지고 딴생각을 하자 엿을 먹여 보려고 그를 불러 세운 듯했다.

'얼씨구.'

노형진은 비웃음이 슬슬 나왔다. 이런 경우, 주변으로부터 주목받아 그가 창피를 당하기 마련이다. 그는 전문 강사로 그런 경험을 여러 번 해 봤으니 노형진에게 창피를 줘서 분위기를 환기키려고 했을 것이다.

'나한테 도발해? 후회할 텐데?'

네가 뭐라고 할지 보자는 식으로 깔보는 시선으로 노형진을 바라보는 여자. 아마도 그녀는 노형진이 그냥 일반 직원이라 생각한 모양이었다. 다른 기업의 경우, 그의 자리는 일반 직원이 앉는 자리니까.

해프닝이었지만 노형진은 자신에게 이를 드러낸 사람을 그냥 넘어가는 성격이 아니었다.

"어…… 전 다르게 생각합니다."

"네?"

"틀리게가 아니라 다르게 생각하라면서요? 그러니까 전 강사님의 의견과는 다르게 생각한다는 거죠."

설마 자신의 의견에 대해서 다르게 생각한다고 말할 줄 몰랐던 강사는 당황했다. 하지만 이것도 다르게 생각하라는 예시에 들어맞기는 하다.

"뭐가 다르다는 거죠?"

"틀린 건 틀린 거라는 거죠."

"그런 경직된 사고방식은 인생을 불행하게 만듭니다."

"경직된 사고방식이 아니라 기본적인 예의의 문제가 아닐까요? 기본적인 인권과 예의에 관해서는 다르다가 아니라 틀리다는 걸 주장해야 하는 거 아닐까요?"

"서로 양보하면 좋은 거 아닌가요?"

"이쪽에서 양보하면 저쪽에서는 악다구니를 치면서 뜯어먹으려고 달려드는 게 현실 아닙니까? 그런데 왜 한 사람이 일방적으로 무조건 양보해야 하지요?"

"세상은 다르게 살아가는 겁니다. 서로 삶의 방식이 다르다고 비난하는 것은 분란을 일으킬 뿐입니다."

노형진의 얼굴에 비웃음이 서렸다.

"그 말, 강간 피해자나 살인 피해자의 유가족들에게 하실 수 있습니까?"

"뭐라고요?"

"그 말을 강간 피해자나 살인 피해자들에게도 하실 수 있느냔 말입니다. 저 사람이 범죄를 저지른 것은 틀린 게 아니다. 그냥 당신들과 삶의 방식이 다르다. 그러니까 용서해 줘라. 피해자들에게 그렇게 말하실 수 있냐고요."

"그건……."

"범죄란 게 왜 있습니까? 그건 다른 게 아니라 틀린 겁니다. 틀린 걸 틀리다고 하는 게 변호사입니다. 틀린 걸 다르다고 인식해 버리면 그 죄에 대해서 어떻게 처벌을 내리죠?"

"죄에 대한 처벌은 할 수 있습니다만 그래도 그건 다른 겁니다. 그들에게 불우한 사정이 있을 수도 있고……."

"그래서 그 불우한 사정 때문에 피해자를 만드는 게 정상이라는 건가요? 그러면 대기업들이 중소기업의 고혈을 짜내는 건요? 그것도 불우한 사정으로 인한 다름입니까?"

"그들도 그 아래 직원이 있고……."

"그럼 한 가지만 더 묻지요. 위안부, 아니 일본군 성 노예라고 해야 맞겠네요. 그들은 뭐가 다른 건가요? 그 피해자분들은 도대체 일본의 어떤 다름 때문에 사과도 받지 못하고 피눈물을 흘려야 합니까?"

강사는 할 말이 없었다. 그건 전쟁이고 뭐고를 떠나서 다른 게 아니라 틀린 거다. 즉, 모든 것은 다르다는 그의 말에 정면으로 와서 부딪히는 일이다.

"지금 뭐하는 겁니까? 지금 왜 남의 강의를 방해해요!"

"방해한 게 아니라 질문한 건데요? 말씀해 주시죠. 위안부 성 노예 사건은 뭐가 다르다는 겁니까?"

"……."

눈에 불을 켜고 있던 여자는 갑자기 탁자 위에 있던 서류를 챙겨서는 몸을 휙 돌렸다.

"오늘 강의는 여기까지 하겠습니다."

그러고는 누가 말리기도 전에 휙 나가 버렸고 사람들은 입을 쩍 벌렸다.

"노 변호사? 왜 그랬어?"

"그냥 헛소리하잖아요. 다르다는 걸 인정한다는 건 최소한 상식선에서 행동입니다. 다르다고 인정하는 순간 끝도 없이 물러나야 하죠."

"그래도 그렇지. 하아."

"그리고 애초에 저 사람도 제대로 된 강사는 아니었잖습니까?"

"그건 그런데. 하아……."

이 다름의 인정이라는 주제는 일본에서 들여온 주제다. 그게 갑자기 열풍을 일으키면서 사방으로 퍼지기 시작한 것이다. 그런데 정작 우리나라 강사 중에 그에 대해 잘 아는 사람은 거의 없다.

'결국 이거지.'

사실 저 여자도 자신들이 선택한 강사가 아니다. 의무적으로 강의를 받아야 하는데 정부에서 좋게 말해서 추천, 나쁘게 말해서 배당한 사람인 것이다.

"그냥 가라고 하세요. 틀림과 다름의 차이도 모르면서 무조건 강의하는 저런 실력 없는 녀석이 떠들어 봐야 도움 안 됩니다."

"그건 인정하네. 틀림과 다름은 전혀 다른 이야기지."

다르다는 것은 남에게 피해를 주지 않는 선에서 그리고 자기가 추구하는 뭔가가 있다는 한도 내에서는 맞는 말이다. 다른 정당을 찍을 수도 있고 다른 의견을 가질 수도 있다. 하지만 범죄는 다른 게 아니라 틀린 것이다. 그래야 처벌할 수 있다. 그런데 그걸 이해하지 못하고 변호사들에게 틀림이 아니라 다름이라니.

"저런 녀석들이 인권 어쩌고 나불거리죠."

"하하하."

말뿐인 인권은 누가 못하겠는가? 하지만 저들은 피해자 가족을 만나 본 적도 없고 만날 생각도 없다. 저들이 만나 본 사람은 가해자들뿐이다.

"그래, 틀린 건 틀린 거지."

송정한 역시 고개를 끄덕거렸다.

♎

"노 변호사님."

"네?"

노형진은 일을 하다 말고 고개를 들었다. 거기에는 성관중 변호사가 머쓱하게 서 있었다.

"어쩐 일이십니까? 요즘 바쁘시잖아요?"

"하하하."

"새해라고 사람들이 갑자기 합의한 건 아닐 테고."

새해가 되고 사람들의 소송은 더 많아졌다. 조금씩 경기가 악화되고 있던 것이다. 전이라면 참으면서 넘어갔을 일에 이제는 다들 무척이나 예민하게 반응하기 시작했다.

"사실은 부탁이 좀 있어서요."

"부탁?"

"네."

"무슨 부탁요?"

"제가 출근하는 방향이 일본 대사관을 지나오거든요."

"아, 그래요?"

"네, 그런데 거기서 수요일마다 집회하는 거 아십니까?"

"알지요."

모를 수가 없다. 전 국민이 알고 있는 집회.

수요일마다 일본의 사과를 요구하는 피해자들의 집회가 벌어지는 곳이다.

"그분을 도와 드릴 수 있나 해서요."

"네?"

"가끔 그분들을 보면 가슴이 아파요."

"아……."

한국인으로서 노형진은 그 부분에 대해서 격하게 공감을 했다. 일부 친일파, 아니 매국노 정치인들을 그들을 국가에

독립은 아직 끝나지 않았다 131

해를 끼치는 불법 시위대라고 하기도 하고, 또 일부는 그 나이에 돈독이 올랐다면서 욕하기도 하지만 피해자들이 요구하는 것은 일본의 사과와 재발 방지다. 하지만 일본은 단 한 번도 제대로 사과한 적이 없다.

"미안하지만 그건 저로서도 어쩔 수 없는 부분이네요."

소송해서 그 배상을 받아 내면 얼마나 좋겠는가? 하지만 그 행동은 불가능했다.

"알다시피 일본은 성 노예 사건을 인정하지 않습니다. 그래서 몇 번이나 소송을 했어도 결국은 그들의 재판부에서 철저하게 무시했지요. 이건 유능의 문제가 아니라 정치적인 문제라서요."

더군다나 과거 대한민국은 돈을 받는 조건으로 모든 것을 덮는 데 동의한 적이 있다. 그런 상황이다 보니 소송해서 그분들의 명예를 되찾는 것은 불가능한 상황이었다.

"일본을 대상으로 했을 때는 그러지요. 하지만 국내에서는 어떻게 안 될까요?"

"국내요?"

"네. 아시지 않습니까, 이번 정부가 기본적으로 친일 정부라는 거."

"그거야 그렇지요."

"그런데 꼴뚜기가 뛰니 망둥어도 뛴다고……."

"아아…… 알 것 같습니다."

친일 정부가 들어선 거야 선거에 따라서 들어선 거니 그러려니 넘어갈 수가 있다. 문제는 그들이 들어서자 그들을 등에 업고는 소위 완장질을 하는 친일 인사들이었다. 완장질이란 뒤에 배경을 두고 사람들을 괴롭히는 짓을 말한다.

"그런 놈들이 요즘 많아졌습니다. 특히 그런 녀석들이 위안부 할머니들을 많이 괴롭히더군요."

"하긴 그럴 겁니다. 그들이 가장 인정하기 싫고 감추고 싶은 일이니까요."

그들은 한국보다는 일본을 위해서 움직인다. 그리고 그들의 뒤에서 정부가 무마해 주고 있다. 그러니 세상 무서운 줄 모르고 길길이 날뛰고 있었다.

"그중에서 한 녀석이 문제입니다. 어제도 오다 보니 할머니 한 분이 그 녀석 때문에 고혈압으로 쓰려져서 병원에 쓰러졌다고 하더군요."

"변재만 말씀이시군요."

"아십니까?"

'모를 리가 있나.'

앞으로도 오랫동안 그는 정부의 비호를 등에 업으면서 많은 망언을 한다. 일본군 성 노예는 존재하지 않는 일이었으며 그들은 그저 성매매를 하던 창녀였다는 말부터 나중에는 그분들이 북한의 사주를 받아서 허위 사실을 유포하고 분란을 일으키려고 하는 간첩이라는 말까지, 제정신으로 할 수 없는 말을 끊임없이 하면서 사람들의 공분을 일으킨 놈이었다.

"네, 그 녀석이라도 입 좀 닥치게 하고 싶어서요."

'끄응…… 하긴 그 녀석이 장기적으로 문제가 되는데.'

그의 극단론에 오염된 사람들이 늘어나면서 점점 나라가 미쳐 날뛰니까. 심지어 대놓고 수요 집회에 와서 썩은 계란을 던지는 놈도 있었다.

"그 녀석을 비롯해서 몇몇이 있습니다. 도대체 왜 그러는지."

"지원받으려고 그러는 겁니다."

"지원요?"

"네."

현 정부가 친일 정부인 건 누구나 다 아는 사실이다. 이 상황에서 그들의 마음에 드는 행동을 함으로써 그들에게 지원을 받거나 한자리를 차지하고 싶어서 저러는 것이다.

'애초에 그게 아니라면 그럴 이유가 없지.'

실제로 저들의 규모는 생각보다 크다. 매달 수천만 원의 활동 자금이 들어가는데, 그들에게 들어가는 활동 자금의 대부분은 공식적으로는 정부 지원금으로 충당된다. 비공식적으로는 그 안에서 상당 부분을 변재만 같은 녀석들이 횡령하고 말이다. 그렇다 보니 그중 일부가 다시 뇌물로 들어가는 일종의 카르텔 같은 것이 형성된 상태였다.

"그들로서는 그들의 행동을 정부에 보여야 하니까요. 그래야 지원받기 쉽습니다."

"아무리 그래도 그렇지."

"그런 녀석들에게 애국심이란 의미가 없습니다. 그냥 돈만 따라갈 뿐이지요. 신념이니 하는 그런 건 전혀 없습니다."

"끄응……."

성관중 변호사는 신음 소리를 내면서 고개를 흔들었다.

"그럼 그런 녀석들을 그냥 둘 수밖에 없습니까?"

"글쎄요……."

노형진은 조용히 침묵을 지키면서 생각에 잠겼다.

'그냥 두기는 좀 그렇지?'

피해자분들은 돈이 없다. 그러니 비싼 변호사를 사지도 못한다. 물론 그분들을 도와주는 변호사들이 있기는 하지만 그들은 대부분 소수이며 다수인 정부 측에 대항해서 싸우기에는 많이 부족하다. 그 때문에 정부에서는 성 노예 피해자들을 귀찮은 짐짝처럼 대우하는 것이 현실.

"도울 수는 있습니다. 어찌 되었건 여기는 대한민국이니까요."

여기는 대한민국이다. 일본이야 어차피 그걸 판결하는 일본 재판부 역시 한통속이니 뭐라고 하든 들은 척도 하지 않을 게 뻔하지만, 반대로 여기는 대한민국인 만큼 적당한 논리만 있다면 그들의 입을 막을 수도 있다.

"그럼 혹시……."

성관중 변호사의 의견은 알 것 같았다. 이건 돈이 안 되는

사건이다. 노형진이 나선다고 해서 돈을 줄 수 있는 사람도
없다.

"하겠습니다."

노형진의 말에 얼굴이 환해지는 성관중 변호사.

"틀린 건 틀린 거니까요."

그리고 틀린 걸 틀리다고 할 수 있는 사람은 다름 아닌 자
신이었다.

매주 수요일. 눈이 오나 비가 오나 모이는 사람들.

"사죄하라! 사죄하라!"

피해자들과 그들을 돕는 사람들의 목소리.

그러나 입구를 막고 있는 경찰들은 들은 척도 하지 않고
서 있을 뿐이었다.

"이런, 이런."

노형진은 진눈깨비가 내리는 하늘을 보면서 얼굴을 찌푸
렸다.

'이런 날에는 좀 맑으면 얼마나 좋아.'

가뜩이나 나이가 많은 분들이다. 그런데 이렇게 추운 날씨
에 아무리 옷을 겹겹이 입고 있다고 하지만 진눈깨비 때문에
추울 수밖에 없었다.

'죄스럽네.'

수요일마다 이곳에서 집회를 한다는 건 알고 있었다. 하지만 바쁘다는 이유로 한 번도 나오지 못한다는 것에 대해서 노형진은 왠지 죄송하다는 느낌이 들었다.

"왠지 죄송스럽네요."

"지금이라도 도와 드리는 게 얼마나 좋은 일인데요?"

"그거야 그렇습니다만……."

"일단은 인사부터 드리고……."

노형진과 성관중이 앞으로 나서려고 하는 그때였다.

"지랄을 한다. 지랄을 해. 창녀 주제에."

누군가 집회를 하는 사람들 앞에 서서는 비릿한 비웃음을 날리면서 모욕적인 언사를 하는 것이 보였다.

그 얼굴을 본 노형진은 쓴웃음이 나왔다.

'변재만.'

일본 대사관에서 나오던 변재만과 그 똘마니들이었다.

'나오는 시간도 그렇고 날짜도 그렇고, 아주 작심했군.'

수요일에 집회가 있다는 걸 모를 리 없다. 그 녀석이야 소문난 친일파라 일본 대사관에 약속 잡는 건 어려운 일이 아닐 테니 아마도 시위하는 걸 조롱하기 위해서 고의적으로 이 시간으로 약속을 잡았을 것이다.

"창녀 주제에 뭐라는 거야? 몸 팔아서 돈 받았으면 그걸로 된 거지, 이제는 창녀 짓만으로도 부족해서 돈을 뜯어내려고? 이거 완전 꽃뱀이네, 꽃뱀."

"선생님 말씀이 맞습니다. 나이는 도대체 어디로 처먹은
건지."

"저렇게 나이 먹고도 꽃뱀 노릇을 할 수 있다니, 여자란
참 좋아."

변재만과 다른 녀석들이 그런 식으로 모욕하자 듣고 있던
여자 후원자 중 한 명이 발끈하면서 앞으로 나섰다.

"뭐라고? 네놈들이 인간이냐?"

"아니, 여기는 대한민국이야. 자유 대한민국에서 우리가
뭐라고 하든 무슨 상관인데?"

"이 자유가 누가 만든 건데! 이런 분들의 희생으로 만들어
진 거 아냐?"

"웃기네. 우리 자유는 미국과 일본이 만들어 준 거야. 일
본이 없었으면 아직도 이조 시대처럼 갓 쓰고 돌아다니고 있
을걸?"

"맞아. 하여간 계집애들이 감사는 못할망정."

헛소리를 찍찍해 대는 녀석들 때문에 여자 후원자는 거의
이성을 잃어버릴 것 같은 모습이었다.

'쯧쯧.'

노형진은 그걸 보면서 혀를 찼다.

'말이 통할 사람이랑 대화해야지.'

노형진은 저런 인간들의 특징에 대해서 잘 알고 있다.

저런 녀석들은 짐승에 가깝다. 절대로 말로 해서 될 놈들이 아니다.

'다름이 아니라 틀림이라고. 웃기고 자빠졌네.'

저런 녀석들을 굴복시키는 것은 단 하나, 바로 그들에게 피해를 주는 것이다.

저들은 안다, 저런 미친 짓이 자신들에게 궁극적으로 이득이 된다는 것을. 그래서 욕을 먹든 말든 저렇게 행동하는 것이다. 결국 국민들은 욕 말고는 할 수 있는 게 없기 때문이다. 그에 반해서 그들은 욕을 먹을지언정 적지 않은 돈과 권력을 챙길 수 있다.

"창녀 주제에 무슨 할 말이 그렇게 많아서……."

변재만은 다시 한 번 모욕하려고 했다. 하지만 그런 그의 시도는 노형진 때문에 성공할 수가 없었다.

"그만하시죠."

"그만? 넌 뭐야? 넌 뭔데 여기서 나서는데? 앙?"

노형진의 나이가 어려 보이니 아무래도 말리려고 뛰어든 대학생쯤으로 본 건지 피식거리면서 비웃는 변재만.

"저요? 변호사인데요?"

"변호사? 얼씨구? 대가리에 피도 안 마른 새끼가 변호사라고? 그래서 뭐? 어쩔 건데? 변호사 보는 게 처음인 줄 알아? 지랄하고 자빠졌네."

지금까지 위안부를 도와주려고 하는 변호사는 많았다. 하지만 그들을 고압적이고 힘이 있는 그를 이길 수가 없었다.

그럴 수밖에 없는 게 변재만은 작은 곳이라고는 하지만 언론사를 가진 사주인 데다 정부로부터 막대한 지원을 받고 있어 섣불리 덤벼 봐야 이길 수 있는 상대가 아니었기 때문이다.

"말조심하십시오."

"뭐? 말조심? 이 새끼 봐라? 내가 누군지 알아?"

"알지요. 변재만. 한국대 일본어학과를 나왔고 일본 아사미대에서 유학했으며 현재 보수의 빛이라는 극우 언론사를 가지고 있음. 아닌가요?"

"얼씨구? 날 그렇게 잘 아는 새끼가 나보고 말조심하라고? 이런 대가리에 피도 안 마른 새끼가."

노형진은 그의 말에 눈을 찌푸렸다.

'이런 이런.'

저런 안하무인의 행동은 처음에는 말 그대로 콘셉트였을 것이다. 그래야 더 빨리 더 확실하게 정치인들의 눈에 띄니까. 하지만 시간이 지나고 나니 이제는 버릇이 된 것이다.

'이래서 내가 정치를 싫어한다니까.'

정치는 사람을 미치게 만든다. 그렇기 때문에 노형진은 정치와는 가능하면 거리를 두려고 노력하고 있었다.

"이 새끼가 확! 씨."

손이 올라가는 변재만. 하지만 그다음 순간 그의 손은 멈출 수밖에 없었다.

"여기는 경찰이 제법 많은데 때리시려고요?"

순간 움찔한 그는 피식 웃었다.

"여기 있는 경찰이 널 지켜 줄 것 같아?"

"그러지는 않겠지요. 확실히 당신을 위해서 눈감아 줄 겁니다. 하지만 그들이 눈을 감는다고 해서 카메라까지 없앨 수 있는 건 아니거든요."

변재만은 주변을 둘러보았다. 어느 틈엔가 성관중 변호사가 씩 웃으면서 동영상 촬영을 하는 게 보였다.

"이런 씨……."

"때리시려면 때리시든가, 아니면 그냥 꼬리를 마시든가."

"콱, 씨발…… 새끼를 그냥……."

그는 이를 박박 갈았지만 때릴 수는 없었다. 노형진의 말에 영향을 받은 건지 다른 사람들까지 스마트폰을 가진 사람들은 죄다 촬영하려는 듯 카메라를 들이밀었기 때문이다.

"당신이 믿고 있는 경찰은 당신의 폭행은 수습해 줘도 그이후에 벌어질 일을 책임지지는 않을 겁니다."

"씨발 새끼."

결국 변재만은 이를 박박 갈면서 손을 내렸다.

"너 두고 보자, 이 개새끼. 야, 가자!"

그는 눈에 불을 켜고 노형진을 노려보다가 방향을 돌려서 자신의 차로 갔고, 그의 똘마니들은 뒤에서 노형진을 위아래로 살피더니 천천히 그를 따라갔다.

"너 이 새끼, 뒤통수 조심해라."

이런 협박 같지도 않은 협박을 남기면서 말이다.

"이거 원⋯⋯."

노형진이 혀를 끌끌 차는 사이, 처음 나섰던 여학생이 앞
으로 나와서 그에게 고개를 숙였다.

"감사합니다. 말이 안 통해서 진짜 대책이 없었어요."

"뭐, 저런 녀석은 원래 말 안 통합니다. 저 녀석, 자주 오죠?"

"네."

수요 집회는 일주일에 한 번 한다. 그런데 저 녀석은 한 달
에 두 번은 나온다. 말로는 일본 대사관과 약속이지만 실질
적으로 일본을 대신해서 여기서 집회하는 사람들과 싸우는
것이다.

"다른 변호사분들은 어떻게 하지 못하시던데요."

"그렇겠지요."

일반적으로 아무리 좋은 마음에 누군가를 도와주려고 한
다고 해도 상대방이 정부라는 상대를 뒤에 두고 있으면 상대
하기 어려운 것이 사실이다.

"아, 그러고 보니 인사를 안 드렸군요. 노형진이라고 합니다."

노형진이 명함을 꺼내서 인사를 건네자 여기저기서 인사
하기 시작했다.

"박대현이라고 합니다. 현재 이 수요 집회의 대표를 맡고
있습니다."

그중에는 사회운동가도 한 명 있었다.

"그럼 이번 일에 대해서는 다 알고 계시겠군요."

"네, 너무 잘 알아서 탈이지요."

박대현은 몇 년째 수요 집회를 운영하는 사람이다. 집회를 하기 위해서는 집회 허가를 받거나 복잡한 절차를 밟아야 한다. 하지만 이제 나이가 많은 성 노예 피해자분들이 그걸 할 수는 없으니 결국은 젊은 누군가가 나서야 하는데 그게 바로 박대현이었다.

"그런데 노형진 변호사님은 여기에 어쩐 일로?"

"그냥 도와 드릴 게 없나 하고 왔습니다."

박대현은 한숨을 쉬었다.

"딱히 도와주실 게 없을 것 같네요."

"네?"

지금 상황도 노형진이 아니었으면 엄청나게 문제가 되었을 것이다. 그런데 딱히 도와줄 게 없다니?

"일단은……."

그는 뒤를 돌아보았다. 추위에 떠는 피해자들과 그들과 함께 있는 자원봉사자들.

"오늘은 이쯤에서 끝내는 게 좋겠네요."

"음…… 그럴까요?"

이렇게 추운 날씨에 나이가 많은 분들을 바깥에 두는 것은 좋은 것이 아니었기 때문에 그날의 수요 집회는 그 정도에서 끝내고 모두 분분히 흩어지고 말았다.

"같이 커피 한잔하시겠습니까?"

피해자분들이 모두 떠나고 나자 노형진에게 다가와서 말을 꺼내는 박대현. 노형진은 직감적으로 아까 말한 것의 마무리라는 사실을 알고 고개를 끄덕거렸다.

잠시 후 그들은 어느 작은 커피숍에 자리를 잡고 그의 이야기를 듣기 시작했다.

"아까 전의 일에 대한 이야기를 듣고 싶습니다. 다른 이유가 있는 것 같던데요."

"뭐, 다른 이유가 없지는 않습니다. 하지만 노 변호사님은 그들과 좀 다른 것 같아서 나중에 따로 뵙자고 한 겁니다."

노형진은 고개를 끄덕거렸다. 성관중 역시 관심을 보이면서 옆에 앉았다. 이야기를 꺼낸 것은 자신이지만 이번 사건에서 대표는 노형진이기 때문이다.

"지금까지 위안부 할머니들을 돕겠다고 한 변호사는 노 변호사님이 처음이 아닙니다."

"유엔에서 권고하기로는 위안부가 아니라 성 노예가 맞습니다."

"아…… 그렇기는 하죠. 버릇이 되어서 말이죠. 다들 위안부, 위안부 그래서, 하하."

"뭐, 그럴 수밖에요. 수십 년간 위안부라고 가르쳐 왔으니. 그런데 뭐가 문제인 겁니까?"

정부에서 위안부라고 가르쳤으니 대부분 그렇게 알고 있다. 그러나 위안부라는 말에는 자발적으로 참석했다는 의미가 일부 들어 있을 수 있다. 그렇기 때문에 유엔에서는 '일본군 성 노예 사건 피해자'라고 정확하게 지칭하는게 맞다고 했고, 실제로도 그게 맞는 말이다. 위안부라는 명칭은 단순히 위안을 준다는 뜻이지, 강제성이 있다는 뜻은 아니니까.

"말 그대로입니다. 위안부 할머니들을 도우려고 오는 변호사들은 많았습니다. 그런데 그들은 세 가지 타입으로 구분됩니다."

"세 가지 타입?"

"네."

박대현은 지금까지 온 변호사들에게 대해서 설명해 주기 시작했고, 그 말을 들은 노형진은 자신도 모르게 쓴웃음을 지었다. 왠지 미안한 마음이 들 정도로 너무나 뻔한 행동들을 보였기 때문이다.

"정치인 타입과 순수한 타입 그리고 쇼 타입이 있었죠."

"대충 알 것 같네요."

정치인 타입은 말 그대로 자신이 정치 쪽으로 나가기 위해서 피해자분들을 이용하는 거다. 나중에 그분들을 위해 일했다는 타이틀을 붙이기 위해서 말이다.

물론 그건 대부분 한순간에 끝난다. 기껏해야 두 달이나 세 달 정도 도와주다가 사진만 왕창 찍고 사라진다.

쇼 타입은 그래도 시간은 좀 길기는 하지만 정치인 타입과 마찬가지로 온갖 행사에 피해자들을 동원하려고 한다. 자신이 그렇게 바르게 한다는 식으로 이야기해서 좀 유명해지려고 하는 타입.

"제일 적은 게 순수한 분들입니다."

"네, 알 것 같습니다. 그리고 그런 분들은 대부분 심각한 문제가 있지요."

노형진은 쓴웃음을 지으면서 고개를 끄덕거렸다.

순수하고 좋은 의도로 온 변호사들. 그들은 인권 변호사라 불린다.

문제는 그들 대부분이 힘이 없는 변호사라는 것이다. 대형 로펌 소속이 아닌 개인 변호사들이다 보니 그들의 대응 능력에는 한계가 있다.

"아까 변재만의 행동에 우리라고 불만이 없겠습니까? 우리도 별의별 방법을 다 써 봤습니다. 하지만 이기질 못해요."

"그렇겠지요."

경찰에 신고도, 소송도 해 봤다. 하지만 대부분의 일에서 정부의 비호를 받는 그들을 단순히 개인 변호사인 인권 변호사가 이길 수는 없었다.

"결국 모든 사건이 은폐되고 있습니다. 당장 국회의원들이 자위대 창설 기념일이나 일왕 생일 파티 같은 데 다니는 거, 왜 모르겠습니까? 모를 수가 없지요."

당연하다. 그들은 그런 행사가 있다면 만사를 제치고 가니까.

'그런데 그게 드러나지 않는 이유는 하나뿐이지.'

바로 모든 정보에 대해서 통제하기 때문이다. 지금까지 그렇게 그들은 잘 성공해 왔다.

"몇몇 변호사들이 다 저항해 보려고 했지만 도무지 싸움이 안 되더군요."

노형진은 예상이나 한 듯 고개를 끄덕거렸다.

"아무래도 그럴 수밖에요. 인권 변호사란 말 그대로 인권을 위해서 싸우는 사람입니다. 조직적인 저항을 하는 방식에는 능숙하지 않지요."

인권 변호사들은 대부분 개별적으로 활동한다. 그에 반해서 나쁜 놈들이나 인권을 탄압하는 작자들은 대부분 조직적으로 활동한다. 한 기업 내에서 수많은 관리자 중 한 명이 인권을 탄압하는 것은 인권 변호사가 해결할 수 있다. 하지만 한 조직 전체가 그러면 아무리 인권 변호사가 나서도 해결이 안 된다.

'대표적인 예가 바로 부산의 모 막걸리 회사지.'

그들은 말 그대로 회사 자체가 거의 포로 강제 수용소처럼 운영되었다. 아니, 차라리 국제적 포로 관리 규정만 지킨다면 포로 수용소가 나을 지경이었다.

그곳은 휴일도 없고 당연히 특근 수당도 주지 않는다. 그리고 새벽 4시에 출근시키면서 새벽 2시까지 일하도록 시켰다. 그러면서 주는 월급은 고작 130만 원. 거기에다 1인당 식비는 고작 하루 450원이다. 심지어 여성 직원에 대해서는 아주 대놓고 성추행을 했다.

그곳은 대한민국의 서열 2위의 기업이다. 그럼에도 불구하고 그게 가능했던 것은 그곳을 운영하는 대부분이 해당 지역의 정치인들이거나 정치인들과 직접적인 선을 가지고 있었기 때문이다.

"그래서 할머님들에게 섣불리 희망을 주고 싶지는 않았습니다. 이용해 먹으려고 오는 녀석들이 너무 많아서요."

"이해합니다. 그런 녀석들이 너무 많기는 하지요."

노형진은 고개를 끄덕거렸다.

'흠…… 이거, 인권 변호사 부서를 따로 만들어야 하나…….'

그동안 생각하지 못했던 부분에 대해서 노형진은 심각하게 고민할 수밖에 없는 문제였다.

'확실히 인권 변호사들은…… 조직력이 떨어져.'

인권 변호사들은 기본적으로 상부에 복종하지 않는다. 그렇다 보니 조직에서 받아 주지 않는다. 그렇다고 자신들이 따로 조직을 만들려고 하지도 않는다. 결국 의도는 좋았지만 힘이 달려서 질 수밖에 없는 것이다.

'변협이 있기는 하지만…….'

변호사협회에서 힘든 사람들을 도와주기는 하지만 기본적으로 그들의 논지는 정치적인 부분에 대해서만 참가한다는 것이기에 사회적 부분에는 참여하지 않는다.

"그래서 따로 말씀드리려고 한 겁니다. 그런데 진짜로 우리를 도와주실 생각인가요?"

"네, 그렇습니다."

"우리는 돈을 드릴 여건이 안 되는데요? 노 변호사님처럼 비싼 분은……."

"절 아십니까?"

"아무래도 사회적 운동을 하다 보면 여러 가지 알게 되니까요."

노형진은 피식 웃었다.

"그럼 제가 얼마나 부자인지도 아시겠네요?"

"그건 잘……."

"돈은 필요 없습니다."

돈은 몇 대를 놀고먹어도 될 만큼 막대하게 가지고 있다. 그러니 그들에게서 돈을 받을 이유는 없다.

"전 말 그대로 여러분들을 도와 드리고 싶어서 나온 겁니다."

"네? 어째서요?"

"독립전쟁은 아직 안 끝났으니까요."

"독립전쟁이라……. 하긴 틀린 말은 아니네요."

박대현은 자신도 모르게 고개를 끄덕거렸다.

명목상의 독립은 이미 했다. 대한민국은 주권국가이며 모든 주권은 국민들에게 나온다고 한다. 하지만 그 위에서 국민들을 통제하는 대부분은 친일파들이다. 그들은 끊임없이 국민들을 속이고 호도하면서 쥐어짠다.

"상식적으로 이런 행동을 하는 사람이 국가에서 지원을 받는다는 건 말이 안 되지요."

대한민국은 자유국가인 만큼 변재만이 헛소리를 해도 그건 그의 자유다. 하지만 그런 소리를 한 대가로 국가로부터 지원을 받는 것은 정상적인 상황이 아니다.

"다른 놈들은 모르지만 최소한 변재만은 조용히 시켜야 합니다. 그래야 나중에 다른 녀석들이 안 나오지요."

"수차례 시도는 해 봤지요. 그런데 안 됩니다."

경찰에 명예훼손과 모욕으로 고발도 해 보고 손해배상도 요구해 보고, 별짓을 다 했다. 하지만 그 무엇도 변재만을 멈출 수가 없었다. 그럴수록 변재만은 저거 보라며 돈독이 오른 꽃뱀이라면서 더욱 혈안이 되어서 이쪽을 욕했다.

"압니다. 그러니까 다들 이렇게 저 녀석에게 끌려가는 것이겠지요."

"그런 녀석을 어떻게 막는다는 겁니까?"

노형진은 피식 웃었다.

"말 그대로 자기 주둥아리에 빠지게 만들 겁니다."

"네?"

"사실 이거 우연인지 필연인지는 모르겠지만 다른 분들이 저 녀석을 제대로 막지 못한 덕분에 저 녀석을 지옥으로 밀어 넣을 수 있는 상황이 되었네요."

"네?"

지금까지 제대로 대응하지 못한 게 도움이 되었다는 말이 이해하지 못하는 두 사람.

"걱정하지 마세요. 얼마 후면 변재만은 아무런 소리도 하지 못할 겁니다."

노형진은 피식 웃으면서 대답했다.

⚖️

"그 말이 진짜야?"

"네."

"이런 싯팔……."

변재만은 얼굴이 약간 파리해졌다.

지금까지 만났던 수많은 인권 변호사 나부랭이들과 똑같은 녀석이라 생각했다.

'그런 녀석이야 말려 죽이는 건 일도 아니지.'

뒷조사를 좀 하고 주변에 인맥을 통해서 좀 압력을 넣으면 대부분은 꼬리를 말고 도망갔다. 그런데 노형진이라는 이름을 조사하자 생각하지도 못한 거물이 나온 것이다.

"아무래도 그쪽에 압력을 가하는 건 무리입니다."

"어째서 그래도 고작 변호사인데?"

"그 녀석이 한 해에 벌어들이는 돈이 장난이 아닙니다."

"끄응……."

돈……. 아무리 안 쓰려고 해도 그가 돈을 쥐고 있는 이상 세상에서는 강력한 힘을 가진다.

"그리고 새론의 파워도 강하고요. 겉으로는 친서민적 정책을 하고 있지만 그 내부를 보면서 장난이 아닙니다. 요즘 급성장하고 있는 대룡과 끈끈하게 맺어져 있고 대검찰청 중수부 출신을 영입할 정도로 뛰어나고요. 그리고 그들 자체도 수많은 부자들과 선이 닿아 있어서……."

홍보과장은 진땀을 흘렸다. 말이 홍보과장이지, 이런 일이 벌어지면 뒷조사를 하는 게 그의 책임이었다.

'젠장…… 이거 낌새 안 좋은데?'

"그래 봤자 그 녀석이 뭘 하겠어?"

"그거야 그렇지만……."

"변호사들이 할 수 있는 대응책은 뻔해."

소송은 수십 번씩 질리게 당했다.

"그리고 그 녀석, 로비는 안 한다면서?"

"모르겠습니다. 공식적으로 드러난 것은 없습니다만……."

"걱정하지 마. 그런 녀석이면 내가 유리해. 내 뒤에 누가 지키고 있는지 알잖아?"

"네……."

"버러지 같은 새끼들이 뭐라고 짖어 대든 간에 우리 뒤에 있는 분들이라면 충분히 덮어 주실 수 있어. 뒤에서 왜 날 그렇게 적극적으로 밀어주는지 알지?"

"그건 압니다만……."

정치권에서 변재만을 밀어주는 이유는 간단하다. 자신들이게 불리한 일이 생겼을 때 그가 나서서 일을 저지르면 되기 때문이다. 그러면 모든 언론은 그를 집중적으로 때릴 것이다.

자신은 욕을 먹겠지만 그거야 하루 이틀 일도 아니고 자신에게 묻혀서 정부의 실책은 가려지게 된다.

"그러니까 정부에서는 뭐라고 하든 절대로 날 안 버려."

'…….'

홍보과장은 말을 하지 않았다.

"걱정하지 마. 모든 일은 내가 다 알아서 할 테니까."

그는 그렇게 자신 있게 말했지만 홍보과장은 찝찝함을 감출 수가 없었다.

그 아가리를 닥치거라

"일단은 소송을 들어갑시다. 뭐, 소송이 들어가는 것에 대해서는 워낙 건수가 많아서 일도 아니겠는데요?"

"노 변호사님, 그건 다른 변호사들도 많이 써먹은 방법인데요? 하지만 안 먹혔다고 하지 않습니까?"

"그럼 변호사가 소송하지, 뭐합니까?"

"아니…… 노 변호사님은 소송 말고도 다른 방식을 많이 써서 일을 해결하시니까……."

성관중은 말끝을 흐렸다.

확실히 노형진이 다른 방식으로 많이 해결하기는 하지만 사실 변호사에게 소송이 가장 기본적인 방법이기는 하다.

"하하, 압니다. 상대방이 소송해 봐야 씹으면 그만이라는 걸요. 하지만 그건 소송의 방식이 잘못되었다는 게 문제입니다."

"잘못되었다?"

"네, 소장을 보니까 죄다 형사에 대한 소송이더군요."

"그렇지요."

문제는 그 결과다. 죄다 얼마 정도의 벌금만 내고 끝나는 것이다. 제대로 실형이 나온 것은 전혀 없었다.

"어차피 형사는 넣어 봐야 그는 정부의 비호를 받고 있으니 처벌은 안 나올 겁니다. 그래서 그냥 바로 민사로 들어갈 생각입니다."

"손해배상 말인가요?"

"네."

"그것도 여러 번 해 봤는데요?"

"그게 문제입니다. 이번에는 공격 대상을 잘못 골랐거든요."

"네에?"

공격 대상을 잘못 골랐다는 노형진의 말에 성관중은 고개를 갸웃했다. 보통 소송할 때 당연히 그 공격 대상은 상대방이다. 따라서 이 경우는 변재만이 된다. 그런데 그가 공격 대상이 아니라니?

"변재만은 욕을 먹을 대로 먹고 있습니다. 하지만 그 녀석은 권력과 돈 때문에 절대로 바뀔 리 없지요. 그런 상황에서 손해배상을 요구해 봐야 그 돈은 일부에 지나지 않습니다."

"그건 그렇지요."

지금까지 몇 차례 명예훼손과 허위 사실 유포에 대한 소송을 했고 적지 않은 손해배상금을 냈지만 변재만은 요지부동이었다. 그것보다 더 많은 돈을 벌 수 있기 때문이다.

　"하지만 생각을 바꿔 봅시다. 그게 지속적으로 압박이 된다면?"

　"네?"

　"우리나라 소송에서 손해배상에 대한 상황을 아시지 않습니까?"

　우리나라는 손해배상을 극도로 인정하지 않는다. 심지어 사람이 죽어도 그 손해배상이 1억을 넘는 경우는 드물다. 그런 상황이라 변재만에게 떨어지는 배상금은 그다지 많지 않다.

　"손해배상이란 말 그대로 지난 시간에 벌어진 일에 대해 배상하는 겁니다. 하지만 그건 전통적으로 금액이 적지요. 그러니 우리가 노려야 할 것은 바로 간접강제금입니다."

　"간접강제금?"

　"네."

　"아! 내가 왜 그 생각을 못 했지요?"

　"우리나라에서는 그 규정을 잘 쓰지 않으니까요."

　간접강제금이란 어떤 불법행위가 지속되는 경우 그 행위가 지속되는 기간 동안에 계속 부과되는 금액을 말한다.

　그리고 간접강제금은 일반적으로 손해배상보다 더 많은 배상금을 부과한다. 그럴 수밖에 없는 게, 손해배상은 과거에 벌어진 일이라는 한계가 있어 고칠 수 없기에 봐줄 수 있는 반면, 간접강제금은 미래의 일이라는 특성상 불법행위를 멈출 기회가 있음에도 행위를 멈추지 않아 부과하는 것이기 때문이다.

"지금까지 변호사들은 모두 손해배상만을 하더군요. 하지만 우리가 노려야 하는 것은 간접강제금입니다."

"그렇군요."

과거에 대한 손해배상이 아니라 미래에 대한 손해배상. 그건 엄청난 압박일 수밖에 없다. 과거의 일은 한꺼번에 묶어서 얼마 내면 끝이지만, 미래의 일은 매일같이 그 금액이 늘어나기 때문이다.

"그럼 바로 소송을 진행해야겠네요."

"아니요, 그 전에 할 게 있습니다."

노형진은 그저 빙긋 미소만을 보일 뿐이었다.

⚖️

"우와!"

"변재만! 변재만!"

변재만은 믿을 수가 없었다. 얼마 전부터 자신의 신문사에 갑자기 뷰 숫자가 엄청나게 늘어나기 시작한 것이다. 그러더니 갑자기 인터넷에 자신의 팬클럽까지 생겼다.

'이게 꿈이야, 생시야?'

자신은 욕만 먹었지, 이렇게 적극적인 지지를 받아 본 적이 없었다. 그런데 얼마 전 방송에 자신에 대한 뉴스가 조금 나가는가 싶더니 갑자기 엄청나게 지지자들이 늘어난 것이다.

"반갑습니다!"

"우와!"

그가 단상에 오르자 환호하는 사람들.

"이렇게 저 변재만을 믿어 주셔서 감사합니다. 지금 이 나라는 빨갱이들에게 점령당해 있습니다. 이 변재만이야말로 이 대한민국 민주주의의 마지막 등불입니다!"

"변재만 만세!"

심지어 지지자들이 돈을 모아서 팬클럽 창단식까지 해 주는 것을 보고 변재만은 드디어 자신의 시대가 왔음을 느꼈다.

"자자, 진정하시고. 변재만 선생님, 그동안 저희는 선생님이 이렇게 외로운 싸움을 하시고 계신 줄 몰랐습니다."

변재만은 왠지 울컥했다.

"변재만 선생님의 말씀대로 대한민국은 지금 빨갱이들 천지입니다. 수많은 빨갱이들이 우리 민주주의를 이용하여 우리를 노리고 있지요."

"그럼요."

"변재만 선생님이 홀로 이렇게 싸워 오셨지만 이제는 그럴 필요가 없습니다. 저희가 있지 않습니까?"

"우와!"

"변재만 선생님 만세!"

사회자가 말 한마디를 할 때마다 사람들은 환호했다.

"그런 의미에서 저희가 소정의 선물을 준비했습니다."

"선물?"

"저희는 선생님처럼 뛰어난 분이 정치권으로 나가야 한다고 생각합니다. 선생님같이 뛰어난 분이 이런 재야에 있는 것은 말도 안 된다고 생각합니다."

"그건 그렇지요."

사실 변재만의 꿈은 그것이다. 금배지를 다는 것. 나아가 대한민국의 대통령이 되는 것.

"그래서 도움이 되시리라 믿고 저희가 준비했습니다."

뭔가를 가지고 와서 건네는 사회자. 그걸 받아 든 변재만은 입을 떡 벌렸다.

"이…… 이건…….."

007 가방에 가득 들어 있는 돈들.

"1천만 원입니다. 저희 모두가 마음을 담아서 준비한 돈입니다."

"여러분…….."

변재만은 진심으로 눈물이 나왔다.

"저희는 변재만 선생님을 믿습니다."

"변재만 선생님 만세!"

"만세!"

그렇게 열광하는 모습을 보면서 변재만은 고개를 끄덕거렸다.

'그래, 이들이다. 이들을 기반으로 정치권으로 나서는 거야.'

그렇게 변재만은 결심을 굳혔다.

"별 미친 일이 다 있더군요."

박대현은 기가 막히다는 듯 고개를 흔들었다.

"들으셨습니까?"

"뭘요?"

"변재만 팬클럽이 나타났답니다."

"아, 그거요? 들었습니다."

팬클럽이 아니라 거의 광신도라고 할 정도로 그들은 집요했다. 변재만을 욕하는 곳에 나타나서는 집요하게 싸움을 걸었고, 변재만을 위해서는 뭐든 하겠다면서 적극적으로 정치 자금도 후원한다는 소문도 들리고 있었다.

"도대체 세상에 그런 미친놈을 후원하는 놈이 그렇게 많다는 게 이해가 안 갑니다. 도대체 그런 놈을 후원하는 놈들은 뭐랍니까?"

"다른 미친놈들이겠지요."

"그러니까요."

"원래 세상은 미친놈이 미친놈을 이해하는 거 아니겠습니까?"

박대현의 말에 그를 진정시킨 노형진은 바로 다음 소송에 대해서 이야기를 시작했다.

"전에도 말씀드렸다시피 우리가 해야 할 건 간접강제금 청구입니다. 그리고 이런 경우 간접강제금을 청구하는 것은 어렵지 않지요."

"그런 건 처음 들어 봤습니다."

"대부분 그럴 겁니다. 변호사들도 잘 아는 규정은 아니까요. 간접강제금은 이렇게 지속적으로 불법행위를 하는 녀석에게 압박을 주기 위해서 만들어진 규정입니다. 그러니까 이걸 이용해서 소송을 하면 상대방은 어쩔 수 없이 지금까지 했던 모든 행동을 멈춰야 합니다."

만일 멈추지 않는다면 재판부에서 확정한 간접강제금이 확정된다. 그런 만큼 변재만은 사방에 싸지른 자신의 글을 어떻게 해서든 회수해야 한다.

"하지만 그렇게 쉽게 될까요? 노 변호사님도 그러셨잖습니까, 정부의 비호를 받는다고?"

간접강제금이 높으면 변재만이 압박을 받을 수 있겠지만 재판부가 이미 변재만의 편이다. 가령 하루 강제금이 10만 원이라고 하면 한 달이라고 해 봐야 300만 원이다. 변재만의 입장에서는 푼돈인 것이다.

"압니다. 그래서 제가 전에 공격 대상이 틀렸다고 말씀드린 겁니다."

"공격 대상이 틀렸다고요?"

"네, 이 경우에는 아무리 변재만을 공격해 봐야 소용없습니다. 그 녀석은 애초에 먹잇감으로 던져진 놈이니까요."

"네? 그게 무슨 말씀이신지?"

"정치적 희생양으로 키워진 놈이라는 거죠."

노형진은 변재만이 어떤 목적으로 키워진 녀석인지 정확하게 알 수 있었다. 그렇지 않다면 이런 식으로 무리해서 사람들의 어그로를 끌지는 않을 것이기 때문이다. 어그로를 위해서 키워진 미끼를 아무리 공격해 봐야 그 녀석이 눈도 깜짝하지 않을 리 없다.

"그러면 도대체 누구를 공격하려고요?"

"이런 경우는 공격의 대상은 다른 사람이어야 합니다. 이런 재판에서 실권을 가지고 있는 사람 말이죠. 하하."

그리고 노형진은 재판에서 가장 강력한 실권을 가진 사람이 누군지 잘 알고 있었다.

⚖️

"재판장님, 피고 변재만은 지금까지 수차례에 걸쳐서 수많은 허위 사실과 명예훼손을 저질렀습니다. 지금까지의 일과 관련해서 고소당한 것이 4회, 민사소송을 당한 것이 2회입니다. 그럼에도 불구하고 피고는 지금까지 동일한 행동을 반복하면서 일제시대 성 노예로 끌려갔던 수많은 분들의 명예를 훼손하고 그분들에게 계속 상처를 주고 있습니다."

재판이 시작되었고 노형진은 대차게 공격을 시작했다. 하지만 상대방 역시 호락호락하게 당하지는 않았다.

"이곳은 자유민주주의 국가인 대한민국입니다. 이곳에서는 언론의 자유를 가지고 있습니다. 그리고 피고는 언론인으로서 양심을 걸고 행동하고 있습니다."

"양심이라는 게 없나 봅니다?"

"당신 같은 사람과 언론인의 양심은 다릅니다. 언론인의 양심은 자신이 옳다고 말하는 것을 바로 말할 수 있는 것입니다."

"그러면 언론인이 틀릴 수 있다는 생각은 안 해 보셨습니까?"

"그것 역시 언론의 자유입니다. 사실 이런 소송 자체가 헌법에서 막고 있는 언론 탄압 아닙니까?"

마구 열변을 토하는 상대방 변호사를 보면서 노형진은 혀를 끌끌 찼다.

'그렇지. 이럴 줄 알았다.'

지금까지 그들이 이길 수 있었던 이유. 설사 진다고 해도 터무니없는 금액이 나올 수밖에 없는 이유. 그건 다름 아닌 언론의 자유였다.

'언론의 자유? 개소리하고 자빠졌네.'

사실 변재만의 회사는 그다지 크지도 않다. 종이로 된 신문도 내지 않는 인터넷 신문사다. 당연히 유지비도 안 든다. 그럼에도 불구하고 그걸 유지하는 것은 지원을 받는 것도 있지만 그게 있음으로써 변재만이 언론인이 되기 때문이다.

'그리고 언론의 자유라는 개소리를 할 수가 있지.'

아이러니하게도 변재만은 독재를 찬양하고 친일을 부르짖는 인간이다. 그리고 그때는 언론의 자유라는 게 없었다. 나라가 발전하고 민주화가 되자 생긴 게 언론의 자유인데, 변재만은 그걸 자신의 욕심을 채우는 데 쓰고 있는 것이다.

"이것은 명백하게 언론 탄압입니다!"

언론 탄압을 부르짖는 그를 보면서 박대현은 이를 박박 갈았다. 하지만 매번 저 언론 탄압이라는 말 때문에 형편없는 처벌이 나오고는 했다.

"원고 측, 더 하실 말씀이 있나요?"

판사는 노형진을 바라보면서 물었다.

"언론이라는 것은 바른 소리를 하라고 있는 거지, 헛소리하라는 게 아닙니다. 언론사라는 이유만으로 어떤 소리를 하든 처벌할 수 없다면 그건 언론이 아니라 지라시에 지나지 않습니다."

"지라시라니!"

"말이 지나칩니다!"

노형진을 향해서 삿대질을 하는 피고 측 변호사.

노형진은 그런 그를 피식하며 바라보았다.

"음…… 일단 지라시라는 말은 좀 그렇군요. 양측 다 추가적인 사항이 없으니 다음 변론 기일을 잡겠습니다."

판사는 한두 번이 아닌 듯 능숙하게 고개를 끄덕거리면서 바로 사건을 다음 기일로 넘겼다.

"역시…… 똑같네요."

재판이 끝나고 나오자 노형진에게 다가오는 박대현.

그는 그런 꼴을 한두 번 본 게 아니기 때문에 뭐라고 말을 하지 못하고 씁쓸하게 웃었다.

"한두 번 보신 게 아닌가 보군요?"

"매번 이런 식입니다. 언론 탄압이라는 식으로 이야기하면 판사는 모른 척 들어 주죠."

"그리고 그 뒤에는 정부가 있을 테고요."

"아마도 그럴 겁니다."

지금까지 몇 번 항의했지만 바뀌는 것은 없었다. 도리어 자신들에게 돌아오는 것은 비싼 소송 비용에 대한 부담과 더 공격적인 모욕들뿐이었다.

"이번 일 역시 그렇게 될 가능성이 높아 보이는데……. 하아, 어떻게 해야 할지……."

박대현은 방법을 찾지 못한 채로 한숨만 푹 쉬었다.

"걱정하지 마세요. 이번 일은 다른 방식으로 돌아갈 테니까요."

"그러면 좋겠습니다만……."

박대현은 아무리 노형진이라고 해도 이번 사태를 해결할 수 있을 거라 보기 힘들었다. 몇 년간 공고하게 버텨 온 변재만이니까.

"그렇게 될 겁니다."

노형진은 자신이 있었기 때문에 그런 박대현을 안심시키면서 미소를 지었다.

⚖️

얼마 후 인터넷에서는 새로운 사실이 흘러나왔다. 비밀은 아니었다. 그러나 그 반응은 생각보다 심각했다.

"이번에는 또 뭐야?"

갑자기 인터넷에 돌고 있는 소문을 들은 황경태는 자신도 모르게 눈을 찌푸렸다.

"장난하는 것도 아니고."

황경태는 불만스러운 듯 얼굴을 찌푸렸다. 갑자기 자신의 이름이 인터넷에 돌기 시작한 것이다. 그것도 좋지 않은 의미로 말이다.

"친일파 재판관이라."

일본군 성 노예 사건을 인정하지 않고 특정인을 위해서 계속 처벌을 약하게 하는 그의 행동이 인터넷에 까발려지면서 말 그대로 엄청난 욕을 먹기 시작한 것이다.

"누구는 그러고 싶은 줄 아나?"

황경태는 얼굴을 찡그리면서 중얼거렸다.

자신 역시 그런 판결을 내리고 싶지 않다. 하지만 위에서 이런 사건에 대해 철저하게 명령을 내린 상황에서 한낱 판사가 그런 위의 명령을 뒤집을 수는 없었다.

"도대체 어떻게 해야 할지, 휴우."

황경태는 고개를 흔들면서 사태를 수습하려고 했다. 하지만 워낙 사건 자체가 특이해서 도무지 방법이 안 보였다.

'더군다나 변호사들이 영 찝찝하단 말이지.'

다른 곳도 아니고 새론이다. 그리고 그 안에서도 괴물로 통하는 노형진이다.

'망할…… 내가 어쩌다가…….'

처음에는 위에서 부를 때는 좋다고 생각했다. 하지만 이런 식으로 대응하라는 명령이 떨어지자 당혹감에 아무 말도 할 수가 없었다. 그러나 명령이 떨어졌으니 거부할 수가 없었다.

'젠장…….'

자신의 양심도 그런 녀석에게 큰 벌을 내리고 싶은 게 현실이었다. 하지만 위의 뜻은 명확했고, 자신이 할 수 있는 것은 없었다.

"당분간은 욕먹겠지만……."

어떻게 자신의 이름이 바깥으로 새어 나간 건지 모르겠지만 그는 어떻게 할 수가 없었다. 아니, 할 수는 있었다. 하지만 하고 싶지는 않았다.

"뭐, 어쩔 수 없지."

한국 사람들의 냄비 근성 때문에 금방 사라질 거라는 것을 황경태는 알고 있었기 때문에 그저 무시할 생각이었다. 하지만 그런 그의 생각을 뒤집는 일이 벌어질 거라고는 그는 생각하지 못했다.

"동민아!"

집으로 들어온 자신의 아들이 완전히 먼지투성이가 되어 가지고 들어온 것이다. 거기에다가 얼굴에는 시퍼런 멍이 들어 있었다.

"어떻게 된 거야? 누가 때린 거야?"

그는 판사다. 그렇다 보니 그에게 보복하려고 하는 사람이 없을 거라는 확신은 없었다. 그래서 그는 동민이를 보자마자 깜짝 놀랐다.

"훌쩍."

동민이는 그런 아버지를 보고 왈칵 울음이 터져 나왔다.

"아빠…… 우에엥……."

"아니, 어떻게 된 거야?"

"애들이…… 애들이……."

"애들?"

"응. 애들이 아빠보고 쪽발이 새끼래. 나라 팔아먹고 할머니들 팔아먹는 쪽발이 새끼라고……. 그래서 나보고 쪽발이

자식이라고…… 훌쩍…….”

　그 말을 들은 황경태는 가슴이 덜컥 내려앉았다.

　‘이럴 수가…….’

　그저 순간이 지나가면 끝일 거라 생각했다. 그래서 별다른 생각을 하지 않았다. 그런데 생각지도 못한 곳에서 일이 터진 것이다.

　“아빠, 쪽발이 아니지? 그렇지?”

　“응…… 그럼……. 아빠는 판사잖아. 나쁜 사람들 혼내 주는 판사.”

　“그렇지? 아빠가 잘못한 거 없지?”

　“그…… 그럼…….”

　그 말을 들으면서 황경태는 심장이 미친 듯이 고동치는 것을 느꼈다.

　‘젠장…….’

　자신은 그저 지나가는 일이라고 생각했다. 그런데 쪽발이의 자식이라니…….

　‘젠장…… 젠장, 젠장…….’

　황경태는 끊임없이 자신의 신세를 한탄할 수밖에 없었다.

⚖

　“판사님, 무슨 걱정이 있습니까?”

"아닙니다."

황경태는 고개를 푹 숙인 채로 한숨을 푹 쉬었다.

'쪽발이의 자식이라…….'

아들에게서 들었던 말이 계속 그의 가슴을 후벼 파는 기분이었다.

'그래, 어쩔 수 없지……. 어차피 한두 달만 지나면 다시 조용해질 일이고…….'

그는 애써 마음을 다잡으면서 재판을 준비했다.

"판사님."

"네?"

그 순간 문이 열리면서 들어오는 직원.

"아내분하고 아드님이 오셨는데요."

"네?"

황경태는 고개를 갸웃했다. 오늘은 평일이다. 아들과 아내가 올 이유가 없는 것이다.

"아빠!"

그가 생각을 정리하기도 전에 문이 열리면서 들어오는 그들.

"아니, 오늘 어쩐 일이야?"

"무슨 소리야? 오늘 온다고 했잖아."

"왜?"

"오늘이 부모의 직장을 참관하는 날이잖아. 지난주에 이야기했는데 벌써 까먹으면 어떻게 해?"

"뭐? 부모 직장 참관일?"

"그래."

황경태는 그 말을 듣고는 정신이 아득해졌다.

'오늘이었나?'

하필이면 오늘이라는 사실에 그는 할 말을 잊었다.

"왜 그래? 무슨 일 있어?"

"아니야……."

그는 그렇게 말하고 있었지만 얼굴은 새파랗게 질리고 있었다.

"완전히 혼이 나갔네요."

황경태를 본 성관중은 고개를 흔들었다.

"그럴 수밖에요. 세상은 그렇게 만만한 게 아니거든요. 후후후."

"그래도 그렇지…… 애까지 동원한 건 좀……."

"어차피 진실을 알아야 하는 건 이 시대의 아이들이어야 합니다. 애들이 좋은 것만 보고 자란다고 바른 인간이 되는 건 아닙니다."

"쩝……."

노형진의 말에 성관중은 입맛을 다셨다.

'공격 대상이 다르다는 게 이런 말이었나.'

처음에는 그게 무슨 소리인가 했다. 그런데 작전이 시작되자 노형진의 치밀함에 두려움이 느껴질 정도였다.

인터넷에 판사의 이름을 흘리는 건 어려운 일이 아니다.

그런데 그는 그 후에 아들의 학교로 그 소문이 퍼지게 해, 아들이 쪽발이의 자식이라는 이유로 아이들에게 왕따를 당해 정신적 쇼크를 받게 만들었다. 그리고 잔인하게도 부모의 직장 체험이라는 명분으로 아들이 재판에 오게 만들었다.

"이제 결정해야지요."

위의 말대로 처벌을 약하게 내림으로써 위에 잘 보이는 대신에 아들에게 자신이 쪽발이의 아들이라는 사실을 각인시킬 것이냐, 아니면 양심적으로 판결함으로써 아들에게 자긍심을 줄 것이냐.

"좀 잔인한 거 아닙니까?"

"잔인해요?"

노형진은 피식 웃었다.

"진짜 잔인한 건 성 노예로 끌려간 할머니들에게 우리나라가 한 짓입니다. 그 배상금이랍시고 받아서 그분들에게 돌아간 게 한 푼이라도 있습니까? 그냥 우리나라 정치인들이 다 먹었잖습니까?"

"그거야 그렇지만……."

"그리고 자기 욕심을 위해서 그분들에게 계속 상처를 주고 이용해 먹는 녀석들입니다. 그런데 그런 녀석들에게 잔인하다구요? 고작 이걸 가지고요?"

"……."

"전 필요하다면 더 잔인해질 수도 있습니다. 물론 저 판사가 잘못 선택한다면 아들과의 관계는 이전으로 돌아갈 수 없을 겁니다. 그건 그의 선택이에요. 할머니들처럼 선택할 수도 없이 강제로 끌려간 게 아니고요."

저항하지도 못한 채로 끌려간 사람들이 불쌍한 거지, 만일 그가 비양심적인 선택을 한다면 그건 그 스스로 선택한 것이다. 당연히 그 후에 벌어질 일은 스스로 책임져야 한다.

"쩝……."

재판하는 와중에도 혼이 반쯤은 나가 있는 재판관을 보면서 성관중 변호사는 어쩐지 그가 불쌍해 보였다.

'하긴 나 같아도 돌아 버리겠네.'

방청석에 앉아 있는 아들과 아내 그리고 양심을 저버려야 하는 자신.

물론 내보낼 수도 있을 것이다. 하지만 내보낸다고 해도 어차피 나중에 소식이 전해질 수밖에 없다.

그리고 아들이 바보가 아닌 이상에야 자신을 내보내고 판결을 내리는 행위의 의미를 모를 리 없다.

'완전 돌 것 같겠군.'

성관중의 말대로 그는 거의 돌 것 같은 표정이었다.

"재판장님."

결국 직원이 나지막하게 부르고 나서야 그는 정신을 차렸다.

"판결하셔야지요."

"아…… 판결……."

황경태는 가지고 온 판결문을 바라보았다. 그 판결문은 그가 며칠 전에 미리 써 둔 것이다. 미리 써 둔…… 위에서 언질받은 내용.

'젠장…….'

그는 차마 아들 앞에서 그걸 읽을 수가 없었다. 자신이 매국노로 아들에게 기억되고 싶지는 않았다.

"본 사건은……."

결국 그는 천천히 입을 열기 시작했다.

⚖️

"젠장! 이건 말이 다르잖아!"

위에서는 걱정하지 말라고 했다. 기껏해야 하루에 10만 원 정도 나올 거라고 했다. 그런데 그에게 떨어진 돈은 무려 하루 5천만 원.

그는 개인적인 행동이 아니라 사주라는 점을 이용하여 언론사를 통해서 허위 사실을 유포하고 수차례에 걸쳐서 피해자들을 농락한 점이 인정된다는 판결문.

"하루에 5천이라니……."

변재만은 이를 뿌드득 갈았다.

"기사 내릴까요……?"

그의 휘하에 있는 편집장은 그의 눈치를 보면서 물었다.

"그걸 왜 내려!"

"하지만…… 회사 자산에도 한계가 있고……."

회사 자산이라고 해 봐야 2억밖에 되지 않는다. 그런데 판결문을 받은 지 벌써 나흘이 지났다. 즉, 그 2억을 그대로 빼앗길 판국인 것이었다.

"기다려 봐. 어떻게 해서든 해결책을 만들어 볼 테니까."

그는 다급한 마음에 사방으로 뛰어다녔다. 그러나 그런 그의 행동은 생각지도 못한 사실을 알게 해 줬다.

⚖️

"이번 건만 해결해 주신다면 각골난망하여 충성을 다하겠습니다."

그가 가장 먼저 찾아간 사람은 자신을 키워 준 정치인들이었다. 하지만 그런 그를 보는 정치인들의 행동은 기존과 달랐다.

"그래서 이번 사건을 수습해 달라고?"

"네, 한 번만 봐주시면 제가 어떻게든……."

이것이법이다

"이봐, 변 사장."

"네, 의원님."

"자네, 참 염치 없구만."

"그게 무슨 말씀이신지?"

"내가 귀가 없는 줄 알아?"

"네?"

그는 무슨 소리인가 했다. 그런데 그의 말은 그런 그의 심당을 덜컥 내려앉게 만들기에 충분했다.

"요즘 정치 쪽에 관심을 가진다면서? 자기 주제도 모르고 말이야."

"네……? 그게…… 무슨 말씀이신지?"

"내가 눈이 없는 줄 알아? 요즘 지지 세력을 모으고 다닌다면서?"

"그…… 그게 무슨……?"

"참 웃기더군. 자네가 나올 만한 지역구가 자네 동네밖에 더 있어? 그런데 그 지역구 의원이 누구인 것 같나? 엉?"

변재만의 가슴은 미친 듯이 뛰고 있었다.

'그렇구나.'

국회의원들은 한번 당선되면 지역구에서 잘 안 내려간다. 그렇지만 그렇다고 해도 자기 소속 지역구가 있기 마련이다. 그리고 일반적으로 총선에 나가는 사람은 익숙한 곳에서 나가기 마련이다.

"자네, 그렇게 안 봤는데 참 염치없는 사람이네."

눈앞에 있는 의원. 그는 현 지역구의 의원이었다. 변재만을 적극적으로 발굴하고 밀어주는 사람이기는 했지만 반대로 그가 정치 쪽에 나가려고 한다면 쳐 내야 하는 사람이기도 했다.

"의…… 의원님…… 그런 게 아닙니다. 그건 오해입니다."

"오해? 무슨 오해?"

그의 앞에 한 개의 USB를 미는 국회의원.

"이미 다 들어왔어. 자네는 그냥 몸빵이야. 그런데 주제도 모르고 뭐? 정치? 기가 막히는군."

"의…… 의원님."

"난 말이야, 뒤통수치는 사람은 그다지 좋아하지 않는다네."

"의…… 의원님……."

"그만 나가 보게. 다시는 보고 싶지 않구만……."

"의원님!"

"손님 나간다. 모셔라."

"의원님! 한 번만 제 이야기를 들어 주십시오! 의원님!"

하지만 보좌관은 그를 가차 없이 끌어내서 길바닥에 패대기를 쳐 버렸다. 그리고 그를 향해 침을 '퉤!' 하고 뱉었다.

"주제도 모르는 배신자 새끼."

그가 들어가고 나서 남은 것은 같이 버려진 한 개의 USB뿐이었다.

－제가 국회에 나가게 된다면 세상을 바꾸겠습니다! 여러분!

－와!

소리를 지르는 사람들. 영상 속의 모습은 그가 팬클럽 행사에 갔던 그때 찍은 것이었다.

"이럴 수가……."

영상은 누가 봐도 그가 국회 출마 선언을 하는 것처럼 절묘하게 편집되어 있었다.

"이……."

변재만은 이를 뿌드득 갈았다.

당장 이게 문제가 아니었다. 이 영상을 확인하는 와중에 알게 된 것인데, 그 국회의원은 그를 그냥 둘 생각이 없었다. 그래서 이미 그 영상을 근거로 그를 선거법 위반으로 고발한 상태였다.

현행법상 후보자 모집 기간이 아닌 시기에 출마 선언을 하고 지지자를 모으는 것은 불법이다. 그런데 영상 속의 모습은 명백하게 그런 모습이었다. 그러니 그걸 본 국회의원이 그를 그냥 둘 리 없었다.

"사장님……."

"나가!"

"저기…… 돈이……."

"나가라는 소리 안 들려!"

와장창. 변재만은 이를 뿌드득 갈았다. 그리고 자신의 앞에 있던 명패를 집어 던졌다.

"네…… 네, 네……."

후다닥 도망치다시피 나가는 홍보과장.

그는 이를 빠드득 갈면서 영상을 바라보았다.

"이런 싯팔…… 결국 나를 내치겠다 이거야?"

어찌 보면 당연한 일이다. 이렇게 한번 이용당하고 버려질 수밖에 없는 운명이었는지도 모른다. 하지만 변재만은 그걸 보고 용납할 수가 없었다.

"싯팔…… 싯팔……."

그는 영상을 보면서 이를 빠드득 갈고 있었다. 그러던 중 그의 눈에 들어온 것이 있었다.

"저건?"

통장이었다. 자신의 이름으로 개설된 통장.

그 당시 지지자들이 돈을 모아서 줬고, 그 돈이 계속 들어올 거라 했던 통장.

"그래! 저거야!"

그는 후다닥 통장을 꺼내 은행으로 가지고 가서 통장 정리기에 넣고 확인했다. 그러고는 자신도 모르게 입을 쩍 벌렸다.

"1…… 12억!"

조금씩 들어오던 게 어느 순간 점점 늘어나는 듯하더니 무려 12억이라는 돈이 들어와 있었던 것이다.

"이……럴 수가……."

이 돈이면 자신이 꿈꾸던 모든 것을 할 수 있다.

"이 돈이면…… 이 돈이면……!"

버틸 수 있다. 아니, 2심까지 가서 다시 이길 수 있을지도 모른다는 생각에 그의 눈은 다시 불타기 시작했다.

"잘 부탁합니다."

"하하하."

변재만이 가장 먼저 한 것은 다름 아닌 변호사의 고용이었다.

'그래, 지난번의 변호사는 너무 무능했어.'

당연히 이길 거라 생각했기 때문에 무능한 변호사를 샀다고 생각한 그는 가장 먼저 변호사 중에서 전관예우를 받는 변호사를 샀다.

그 비용만 무려 1억이 들었지만 어차피 뜯기는 것보다는 나은 상황이었다. 그리고 무려 12억이 있다. 게다가 하루에 5천 정도씩 꾸준하고 들어오고 있는 상황.

"그럼 결제는?"

"내 바로 현금으로 가져다 드리지."

"그래 주시면 감사하죠."

변호사에게 깍듯이 인사받으면서 간 그는 근처에 있는 해당 은행 지점으로 향했다.

"어서 오십시오."

"커흠…… 돈을 좀 찾으려고 하는데?"

"얼마나 찾으실 생각인가요?"

"한 5천 정도."

"그럼 신분증하고 출금 신청서를 써 주셔야 합니다."

"그렇지."

그는 출금 신청서를 쓰고 난 후 자신의 신분증과 함께 주면서 머릿속에서 수많은 생각이 스치고 지나갔다.

'그래, 2심에 가면 이길 수 있을 거야. 그러면 이 돈은 안 줘도 되겠지? 그러면…… 그래, 10억은 남겠어. 아니지. 계속 들어올 돈이잖아? 어쩌면 20억이 넘게 남을지도 모르지, 흐흐흐. 그 정도면 진짜 국회의원을 할 수 있는 거 아니겠어? 설사 안 나간다고 해도 20억이라고, 20억. 흐흐흐, 난 이제 부자야.'

나서서 욕먹을 필요도, 싸울 이유도 없다. 20억이면 누구의 눈치도 보지 않고 살 수 있다.

'난 부자야. 흐흐흐.'

그렇게 행복한 미소를 짓는 그에게 다시 다가오는 직원. 그런데 분위기가 이상했다.

"뭐요? 내 돈은? 현금으로 달라고 했을 텐데?"

"죄송한데 이건 출금이 안 되는데요?"

"무슨 소리야? 내 돈인데."

"성함은 같습니다만……."

"그럼 된 거지, 왜 돈을 안 줘?"

"죄송한데 성함은 같은데 주민 번호가 다르네요. 이 신분증으로는 돈 못 찾습니다."

"뭐라고?"

그는 순간 멍하니 그 직원을 바라보다가 아차 싶었다.

'맞다, 실명제!'

자신의 이름으로 만든 계좌에 들어오는 돈. 그 돈만 생각하다가 잊고 있었는데 기본적으로 자기 계좌는 자신만 만들수 있다. 그런데 후원자가 자기 계좌를 만들어서 돈을 넣어줬다? 그건 불가능하다.

"그런데 이 통장은 어디서 받으신 건가요?"

"그거 내 지지자들이 만들어 준 통장이야."

"지지자라고요?"

"그래!"

"이 통장은 출금 정지가 걸려 있어요. 분실 통장인데요?"

"뭐…… 뭐라고? 그럴 리 없어! 내놔! 내 돈! 내 돈!"

변재만은 정신을 차릴 수가 없었다.

작은 실수다. 통장을 만드는 건 본인만 가능하다는 사실을 잊어버린 탓에 벌어진 작은 실수.

하지만 그 타격은 엄청날 수밖에 없었다.

"돈 내놔! 내 돈! 내 돈!"

"꺄아악!"

자신도 모르게 흥분해서 여직원에게 달려드는 변재만.

그러나 분실된 통장을 가지고 온 것을 이상하게 여긴 청원 경찰이 이미 뒤에 서 있었다.

"이 녀석!"

"잡아!"

그가 변재만을 잡자 다른 남자 직원들 역시 달려들었다.

"잡아!"

"이 녀석 잡아!"

"내 도온!"

그들에게 붙잡히면서 변재만은 절규할 수밖에 없었다.

⚖

"이럴 수가……."

변재만은 멍하니 창밖을 보면서 걸어갔다.

하루에 5천. 열흘간 총 5억의 빚이 생겼다.

직원들이 알아서 내려 줬다면 고마웠을 테지만 그렇게 하지 못하도록 한 데다가 철저하게 그의 말에만 따르도록 훈련

받은 직원들은 그럴 생각도 하지 못했다.

결국 그가 경찰서에서 구속적부심사를 하고 나오면서 열흘이라는 시간을 흘려보낸 것이다.

"이럴 수는 없어……. 이럴 수는…….."

그는 꿈이라고 생각하면서 사무실로 들어갔다. 하지만 그의 눈에 들어온 것은 자신의 직원이 아니었다.

"당신들 뭐야?"

"압류관입니다만?"

당연히 있어야 하는 직원들 대신에 서 있는 다른 사람들. 그들은 손에 하나같이 빨간 딱지를 들고 있었다.

"압류관?"

"5억을 받아 내야 하니까요. 뭐, 내일은 5억 5천이 되겠지만요."

그 순간 옆에 있던 사장실, 그러니까 변재만의 방에서 나오는 한 남자.

"너…… 넌?"

"반갑습니다. 오랜만이죠?"

지난번 수요 집회에서 본 남자이자 상대방의 변호사인 노형진. 그제야 변재만은 자신의 부하가 했던 말이 생각났다. 위험한 놈이라고 했던…….

'도대체 어떻게…….'

도대체 무슨 수를 쓴 건지 모르겠다. 하지만 그 때문에 자신은 버려졌고, 막대한 빚만이 남았으며, 재기할 길은 없어졌다.

"너 이 새끼!"

"잡아!"

변재만은 노형진에게 달려들었지만 이미 와 있던 새론의 경호 팀 때문에 자신의 목적을 이룰 수 없었다.

"놔! 놓으라고, 이 새끼들아!"

"뭐, 놓는 건 어려운 일이 아닌데요. 일단 압류는 해야지요."

"으아아아!"

자신의 전 재산을 털어도 5억이 안 된다. 그런데 빚은 하루하루 늘어난다.

"이 개자식아! 으아아!"

노형진은 피식 웃었다. 그러고는 그의 옆에 다가가서는 변재만의 귀에 작게 속삭였다.

"설마 욕먹는 거 안 무서워하는 게 너뿐이라고 생각했어?"

노형진이 지금 했던 행동 중에는 충분히 욕먹을 만한 일도 있었다. 명백하게 뇌물을 줘 선생들을 움직여서 수업 내용을 변경했고, 판사의 개인 신상을 유출했다. 명백하게 위법이었다.

"맞아. 난 개자식이야. 그렇지만 넌 잡았지."

그러나 변재만은 잡았다. 지금까지 성 노예 피해자들을 모욕하고 일본을 찬양하고 정치인들의 실드가 되어 주던 그를 잡아들인 것이다.

"돈이 있을 때는 있잖아, 욕먹는 건 문제가 안 되거든? 그런데 돈이 없는데 욕까지 먹으면 과연 얼마나 버틸 수 있을까? 어디 한번 두고 보자고."

그의 귀에 작게 속삭인 노형진은 다시 몸을 떼고는 그의 어깨를 두들겼다.

"힘내요. 이제 새로운 세상이 펼쳐질 테니까."

"으아아아!"

⚖

변재만은 한강 다리를 걷고 있었다.

컴퓨터까지 다 털렸기 때문에 부랴부랴 피시방에 가서 관련된 것들을 모두 내렸지만 최종적으로 그의 빚은 14억이었다. 절대로 갚을 수 없는 돈.

"이럴 수가……."

마치 신기루 같았다. 인터넷에서 활발하게 활동하던 자신들의 지지자들은 갑자기 마법처럼 뿅 하고 사라졌다. 단 한 명도 남지 않았다. 남은 건 친일파에 매국노라는 그의 신분과 14억의 빚뿐이었다.

"이건 꿈이야……."

그는 옆에서 일렁이는 한강을 바라보았다. 어두운 검은색으로 빛나는 한강의 수면.

"그래, 꿈이야⋯⋯."

그는 자신도 모르게 중얼거리면서 난간을 기어올랐다.

"찬물이 필요해⋯⋯. 찬물⋯⋯."

찬물을 뒤집어쓰면 정신이 번쩍 나면서 꿈에서 깨어날 것 같았다. 그리고 한강의 검은 물은 여전히 얼음이 둥둥 떠 있어서 무척이나 차가워 보였다.

"그래⋯⋯ 꿈이야."

그가 난간을 매달리는 순간 차들이 브레이크를 밟으면서 멈추기 시작했다.

"이봐요!"

"멈춰요!"

하지만 변재만은 멈추지 않았다. 저 안으로 뛰어들면 정신이 번쩍 들면서 꿈에서 깰 테니까.

"이건 꿈이야!"

그는 그렇게 외치면서 허공을 향해서 몸을 날렸다.

⚖

"맞습니까?"

"네."

노형진은 시체를 확인하면서 고개를 끄덕거렸다.

"아깝네요."

"좋은 사람이었나요?"

"아뇨. 이 사람한테 받을 돈이 있거든요."

"얼마나요?"

"한 12억쯤 남았을걸요, 압류한 거 빼고?"

그 말을 들은 경찰은 얼굴이 새파래졌다.

"자살한 게 이해가 가네요."

"그렇지요. 하지만 이 녀석의 인생은 이해하지 못할 겁니다."

"네?"

노형진은 그냥 웃고 말았다.

하긴 변재만의 인생을 이해할 수 있는 사람은 별로 없을 것이다.

"쯧쯧. 그러니까 착하게 좀 살지."

그가 자살했다는 소식이 전해졌음에도 그의 가족 중 누구도 찾아오지 않았다. 아예 다른 가족들은 그와 연을 끊은 상태였고, 유일한 가족인 아내와 자식은 빚을 떠안기 싫다면서 알아서 처리하라고 했다.

"씁쓸한 결말이군요."

박대현은 옆에 서서 이제 파랗게 변한 변재만의 시신을 보며 입맛을 다셨다.

"하지만 우리에게는 좋은 결말이죠. 벌써 인터넷이 조용해졌다면서요?"

"네…… 기가 막히게도 말이죠."

지금까지 일본군 성 노예 사건을 두둔하면서 그들을 편든 사람이 변재만만 있는 것은 아니었다. 변재만은 그들의 한 명이었을 뿐이다. 그런데 변재만이 몰락했다는 소리가 들리자마자 인터넷에서는 그런 모욕적인 글들이 빠르게 지워지고 있었다.

"수십 년간 노력했는데 말이죠."

그 글들을 지우기 위해서 박대현은 수십 년을 노력했다. 하지만 그럴 수가 없었다. 그런데 단 한 명이 자살하고 나니 지우려고 하지 않아도 사람들이 스스로 찾아서 지우려고 노력하고 있었다.

"결국 인간은 그런 겁니다."

그런 인간들은 뻔하다. 관심을 받고 싶어서, 아니면 이권을 챙기기 위해 헛소리를 해 댄다. 하지만 자신에게 피해가 온다고 하면 발 빠르게 꼬리를 만다.

"일벌백계라는 것이…… 가끔은 필요하지요."

노형진은 씁쓸한 얼굴로 변재만의 시신을 바라볼 뿐이었다.

가장 싫어하는 것

세상에는 여러 가지 호와 불호라는 것이 있다.

어떤 것은 좋아하고 어떤 것은 싫어하는 게 사람이다.

그건 단순히 음식이나 취향이 아니라 변호사의 사건 성향에서도 나타난다.

"노 변호사님은 무슨 사건을 가장 싫어하시나요?"

"네?"

노형진은 구내식당에서 밥을 먹다 말고 질문을 던진 사람을 바라보았다.

"싫어하는 사건요?"

"네."

"아니, 왜요?"

노형진이 놀라는 것은 그 질문자가 다른 사람도 아닌 손예은이었기 때문이다. 업무를 제외하고는 제대로 말도 안 하는 그녀가 갑자기 먼저 질문한다는 것은 새삼스러운 경험이었다.

"그냥 그런 사건을 어떻게 해결해야 하나 해서요."

노형진은 대충 상황을 알 것 같았다. 살다 보면 여러 가지 사건을 만나는 변호사지만 그중에서는 진짜 지랄 같고 엿 같아서 하기 싫은 사건도 있기 마련이다.

"글쎄요……. 딱히 그런 생각을 안 하려고 노력은 하죠."

"안 하려고 한다?"

"네, 뭐든 다 신경 쓰면서 할 수 있는 것은 별로 없지요."

손예은은 질문에 대한 대답이 된 건지, 아니면 부족한 건지 말도 안 하고 그냥 노형진의 앞에 식판을 내려놓고 앉았다. 노형진은 그걸 보고 질문에 대한 대답으로는 부족하다고 생각했는지 냅킨으로 입 주위를 한번 스윽 닦고는 그녀에게 생각을 말했다.

"사건이 진짜 싫으면 차라리 피하는 게 나을 때도 있지요."

"피한다?"

"네, 돈 때문에 하는 건 의뢰인에 대한 예의가 아니니까요. 돈 때문에 사건을 맡게 되면 제대로 변호를 안 하게 됩니다. 그러니까 피하는 것도 좋은 방법이죠. 서로에게 피해만 주기보다는요."

"전 싫어하는 사건에 대해서 질문드렸습니다만?"

그녀의 말에 노형진은 머쓱하게 웃으면서 머리를 긁었다.

"글쎄요……. 굳이 뽑으라면 성범죄죠."

"성범죄요?"

"네, 상해는 입원해서 치료할 수 있습니다. 치료 기간은 상
대적으로 짧지요. 사기는 돈을 돌려주면 그 피해를 복구할 수
있지요. 제일 강력한 죄는 살인이지만 그건 호나 불호를 따질
수 없는 극악한 범죄이니 제외하는 게 나을 것 같군요. 그러
니 제가 제일 싫어하는 것은 성범죄입니다. 그중에서도 친족
간 범죄를 가장 싫어합니다. 그건 진짜 평생을 짊어지고 가야
하는 죄니까요. 솔직히 그런 사건을 보고 있노라면, 피해자가
가해자의 면상에 주먹을 날리지 않은 게 용하다 싶어요."

"그럼 가해자가 의뢰한다면요?"

"당연히 안 하죠. 아까도 말했지만 극단적으로 싫은 건 안 하
는 게 나을 겁니다. 차라리 그게 서로에게 좋은 거죠. 전 스트레
스 안 받아서 좋고, 그쪽은 제대로 해 줄 변호사 찾아서 좋고."

"역시 그렇군요."

"역시?"

"대부분의 사람이 그럴 거라 생각했습니다."

손예은은 그렇게 말하면서도 노형진을 물끄러미 바라보았
다. 가지고 온 밥이 다 식도록 노형진을 바라보기만 했기 때문
에 노형진은 머쓱한 얼굴로 그녀에게 물어볼 수밖에 없었다.

"그런데 부탁할 게 있나요?"

"네."

"어떤 건데요?"

"말씀하신 대로 하고 싶습니다."

"제 말대로?"

"하기 싫은 사건이 있거든요. 노 변호사님이 해 주십시오. 가해자의 면상만 보면 주먹을 날리고 싶어져서요."

노형진의 표정이 묘하게 변했다.

"허허. 손 변호사가 그런 부탁을 다했다고?"

"네."

"이거참…… 신기한 일이구만."

"한편으로는 얼마나 하기 싫었으면 그런 부탁을 하나 싶더 군요."

"그래서 해 줄 건가?"

"그게 서로를 위해서 좋을 테니까요."

그러면서 노형진은 서류철을 꺼내 들었다. 그러고는 자신도 모르게 얼굴을 찡그렸다.

"그 표정을 보니 자네도 그다지 하고 싶은 사건은 아닌 것 같은데?"

"공교롭게도 제가 가장 싫어하는 사건이라서요."

"싫어하는 사건?"

"친족 간의 성추행."

얼굴을 찡그리는 송정한이었다.

"하긴 그건 누구나 다 싫어하지. 그런데 그걸 알면서도 넘기다니, 손 변호사가 그렇게 안 봤는데 좀 그렇군."

"하하하, 사실은 하기 싫어서 떠넘겼다기보다는 강제로 쫓겨난 것에 가까울걸요?"

"그게 무슨 소리인가?"

"가해자 면상을 돌려 차기로 날려 버렸답니다."

"……."

순간 송정한은 할 말을 잃어버렸다. 다른 사람도 아닌 손예은이 그랬다는 건 이해할 수가 없는 일이었기 때문이다.

손예은의 별명이 뭔가? '얼음 공주'다. 그런데 그 '얼음 공주'가 상대방을 돌려 차 버렸다니?

"설마 진짜로 차 버린 건가?"

"애석하게 빗나갔다고 그러더군요."

"애석하게?"

"네, 안 그랬으면 벌써 폭행으로 우리한테 연락이 왔을 겁니다."

"아무리 그래도 그렇지, 아니 그게 말이나 되나?"

송정한은 이해를 할 수가 없었다. 다른 사람도 아닌 손예은 변호사가 그랬다는 것이 말이다.

"하여간 그래서 피치 못하게 사건을 담당하지 못하게 되었답니다. 솔직히 제가 봐서는 이건 배당부의 잘못이 맞기도 하고요."

"배당부의 잘못?"

"네, 도대체 왜 이게 손 변호사한테 갔는지 모르겠습니다."

"무슨 소리야?"

"이 사건, 완전 최상위 난이도입니다."

"하이 클래스?"

"네."

"잠깐 줘 보게."

송정한은 고개를 갸웃하면서 서류를 받아서 읽기 시작했다. 그리고 노형진의 말대로 배당부에서 실수했다는 사실을 알 수 있었다. 이 정도 난이도의 사건은 당연히 노형진에게 떨어졌어야 정상이다.

"이게 왜 손 변호사한테 간 거지?"

"글쎄요. 하여간 이건 쉬운 사건은 아닙니다. 솔직히 이 정도면 저 혼자서 하는 게 아니라 새론에서 팀을 구성해서 해야 하는 정도입니다."

"인정하네."

송정한조차도 고개를 끄덕거릴 정도로 난이도가 높은 사건. 그건 다름 아닌 친족 성추행 사건이었다.

문제는 그 사건이 심각하게 꼬여 있다는 것이었다.

"피해자 나이는 서른 살. 아이가 둘 있고 어려서부터 친족 간 성추행 및 폭행을 당한 적이 있음. 피해자의 부모는 이혼한 상태. 그 후 할아버지와 함께 살았음. 가해자는 그 당시 생존해 있던 할아버지로 현재는 사망. 가족들에게 도움을 요청했으나 가문에 누가 된다면서 도움을 거절……. 그들이 살던 곳은 인구수가 이백 명 되는 집성촌이라……. 이거 도대체 어떻게 해결하라는 거야?"

송정한 기가 질려 버렸다.

"아마도 배당부에서 단순 양육비 소송으로 잘못 판단한 모양입니다."

"그런 모양이군."

두 아이는 아버지가 달랐다. 초혼에서 낳은 아이와 재혼해서 낳은 아이. 양육비 소송은 어려운 게 아니니 배당부가 실수할 수도 있다.

"이거 심각하군."

"네…… 아주 심각하죠."

하지만 송정한도, 노형진도 심각하게 받아들일 수밖에 없는 것은 양육비가 아닌 과거에 벌어진 친족 간의 성추행과 폭행 때문이었다.

수많은 성범죄들이 피해자에게 심각한 정신적 타격을 준다. 그중에서도 가장 정신적 타격을 많이 주는 것은 다름 아닌 친족 간에 벌어진 성범죄다. 그 상황에서 다른 친족들이 함께하거나 지금처럼 도움을 거절하는 경우, 피해자의 정신적 피해는 거의 복구 불가능한 수준이 되기도 한다.

"이런 상황에서 제일 좋은 것은 손해배상금을 받아서 치료받는 것인데……."

"나이를 보게나……. 이건 무리야."

나이를 보면 피해자의 나이는 서른 살. 그런데 성추행이 벌어진 시기는 미성년자였던 때다. 손해배상의 청구 시기는 3년. 미성년자일 때는 어쩔 수 없었다고 하더라도 만 18세가 되어 성인이 된 후에는 3년 안에 신청해야 했는데, 그 기한이 지난 지 오래다.

"망할…… 이건 진짜 대책이 없는데?"

송정한은 얼굴을 찌푸렸다.

"그러니까 배당부에서 단순 양육비로 빼 버렸겠지요."

3년이라는 시간이 훨씬 전에 지났으니 아예 포기하는 수밖에 없다는 사실을 알고 있었고, 그래서 그 부분을 아예 제외하고 양육비를 배당했을 것이다.

"더군다나…… 손 변호사의 말로는 추가적인 상담 같은 걸 어려워한다고 하더군요."

"그렇겠지."

악순환이라는 것이 있다. 정신적 쇼크를 받은 사람들은 정상적인 삶을 살아가는 데 많은 영향을 받는다.

이런 사건의 희생자들은 대부분 나쁜 사람이 아니다. 나쁠

수가 없다. 나쁜 사람이었다면 가족이고 뭐고 일단 경찰서에 처넣었을 테니까. 그들은 과거의 일로 자책하면서 누군가가 자신을 보듬어 주길 원한다.

'문제는 개놈의 새끼들은 그런 걸 참 잘 알아차린다는 거지.'

정작 약간 순한 타입의 남자들은 잘 알아차리지 못하는데, 진짜 나쁜 놈들은 정신적으로 약한 여자들을 귀신같이 알아낸다. 그리고 자신의 쾌락을 위해서 이용한다.

결국 그 여자는 다시 상처를 받고 또 약해지고 또다시 나쁜 남자를 만나는 악순환이 계속된다.

"이런 분들을 자꾸 인터뷰를 하면서 과거의 상처를 건드리는 게 좋은 건 아닙니다."

그러므로 최대한 정해진 정보 내에서 모든 것을 해결해야 한다. 조사한답시고 성범죄 피해자들에게 질문을 던질 때마다 그 질문은 그들에게 상처가 되어 간다.

"하지만 이 사건은 도무지 방법이 없지 않은가? 한 지역이랑 대놓고 싸우는 수준이 될 걸세."

"모든 사람이 다 함께한 건 아닐 거 아닙니까?"

"하지만 그들은 한 지역에서 살고 있는 집성촌일세. 자네도 집성촌이 얼마나 골치 아픈 지역인지 알지 않나."

"그거야 그렇지요."

집성촌은 골치 아프다. 친척끼리 모여 있기 때문에 서로 범죄를 은폐해 준다. 물론 다른 지역에서도 범죄를 모른 척하는 것은 본 적이 있다. 한번 싸워 본 적도 있다.

'하지만 집성촌은 다르지⋯⋯. 에휴⋯⋯.'

하지만 집성촌은 그런 곳과는 확연하게 다르다. 그런 곳은 그저 모른 척해 주는 수준이다. 하지만 집성촌은 친인척이 모여 있는 지역인지라 아주 대놓고 범죄를 은폐하려고 한다.

'그러니까 친척에게 도움을 청했어도 가문의 명예 운운하면서 범죄를 은폐하겠지.'

물론 그건 개소리지만 말이다.

"그래도 싸울 겁니다."

노형진은 이런 사건에서 물러날 생각이 없었다.

"어려운 사건이라고 도망치면 누구도 피해자를 돕지 못합니다. 시간이 지났다고 상처가 사라지는 건 아닙니다. 최소한 그분이 정상적인 삶을 살아가기 위해서는 지금이라도 상처를 보듬을 수 있는 치료가 필요합니다. 그리고 그러기 위해서는 돈이 필요하고요."

물론 돈은 자신이 줄 수도 있다. 하지만 그건 그저 자신이 임시로 해 주는 적선에 지나지 않는다. 그들에게 복수하는 것 역시 상처를 치료하는 한 과정이기 때문이다.

"하아."

송정한은 한숨을 쉬면서 고개를 흔들었다. 역대급으로 가장 어려운 사건이 될 거라는 불안한 느낌이 들었기 때문이다. 당장 손해배상 시효가 지났으니 돈을 받아 낼 방법도 없는 상황이 아닌가?

"무리라고 하면 안 되겠지?"

"제가 언제 무리라고 하는 사건에서 도망간 적 있습니까?"

"그렇기는 하지."

어떤 사건이라도 도망가지 않는다. 그게 지금의 새론을 만들었고, 지금의 노형진을 만들었다.

"좋네."

송정한은 고개를 끄덕거렸다.

"자네 말대로 해 보세. 누군가 도움이 필요하다면 싸우는 게 우리 변호사 아닌가?"

"하지만 쉽지 않을 겁니다."

"우리 새론이 어려운 사건에 도망간 적이 있던가?"

아까 노형진이 한 말을 다시 말하는 송정한을 보면서 노형진은 미소를 지어 보였다.

"그렇지요. 누군가 도움이 필요하다면 그곳에 있는 사람이 변호사니까요."

그렇게 그들은 누구도 해결할 가능성이 없다고 하는 사건에 대한 새로운 도전을 시작하게 되었다.

⚖

"여긴가?"

노형진은 마을을 보면서 얼굴을 찡그렸다.

한적한 시골 마을의 전형적인 모습. 한적하고 평화로운 곳
이었다.

"도리어 이런 조용한 곳이 그 안쪽은 복마전인 법이지."

"그렇지요."

노형진은 남상주 변호사에게 고개를 끄덕거렸다.

치열한 도시는 이런 사건이 있으면 누군가 알아차리기 마
련이다. 설사 아니라고 해도 약점을 노리는 적들이 그냥 넘
어갈 리 없다. 하지만 이런 조용한 시골은 동네 시끄럽다, 동
네 부끄럽다 같은 소리를 하면서 은폐하는 일이 많다.

"그러고 보면 노 변호사는 이런 시골을 별로 좋아하지 않
나 봐?"

"네? 무슨 말씀이신지?"

"그냥 그렇잖아. 이런 사건을 유독 많이 하는 것 같아서."

노형진은 피식 웃었다.

"딱히 싫어하지는 않습니다. 하지만 이런 조직적인 은폐가
지역 단위로 벌어지는 곳이 이런 곳 말고는 없지 않습니까?"

"끄응…… 그건 그렇지. 아무래도 도시는 지역 단위로 은
폐하기가 힘들지."

사람이 워낙 많은 데다가 은폐하는 건 아무런 이점도 없기
때문이다. 도리어 성범죄자의 경우에는 자신이나 자신의 아
이가 대상이 될 수 있기 때문에 기겁하는 게 정상이다.

이것이 법이다

"그나저나 남상주 변호사님은 막판에 골 때리는 사건을 담당하게 되었네요?"

"하하하."

남상주는 웃음으로 노형진을 바라보았다.

"골 때린다기보다는 기회지. 언제고 고향에 내려갈 생각이기는 했는데 말이야. 사실 이런 사건은 지금이 아니면 언제 해결책을 배우겠나."

남상주의 고향은 부산이다. 그는 부산에 생기는 새로운 지사에 대표 변호사로 내려가기로 결정되었다. 그의 고향에서 일해 보고 싶다는 소망 때문이었다.

'조금씩 사람이 바뀌는구나.'

영원히 함께하지는 않는 것이 인생이다. 그 역시 전폭적으로 노형진을 도와준 사람이었지만 이제는 자신의 길을 가야 한다.

"난 다행이라고 생각하네. 이런 사건이 한두 건이 아닐 테니까."

"그렇지요."

우리나라의 성범죄 신고율은 30% 미만. 그나마도 친족 간 성범죄의 경우는 신고율이 더 떨어진다. 피해자는 미성년자인 경우가 대부분인 데다가 신고하려고 하면 주변에서 말리고 신고한다고 해도 다른 보호자가 취하해 버리는 경우가 많은 탓이다.

"그런 사람들을 위해서 이번에 제대로 배워 가야지. 아마 이런 사건을 전문으로 한다고 하면 적지 않게 몰려올걸?"

"그렇겠지요."

노형진은 고개를 끄덕거렸다.

"일단 안으로 들어가세."

"네."

가장 먼저 해야 하는 것은 가해자 측 가족을 만나는 것이다. 문제는 그게 피해자 측 가족이기도 하다는 거지만 말이다.

"실례합니다."

허름한 집 안으로 들어가는 두 사람.

"누구슈?"

안쪽에서는 사람 좋아 보이는 남자가 두 사람을 바라보았다.

"안녕하세요. 새론 법무 법인에서 나왔……."

촤아악!

하지만 채 말이 끝나기도 전에 노형진과 송정한에게 날아온 구정물. 두 사람은 그런 갑작스러운 행동에 그걸 뒤집어쓸 수밖에 없었다.

"이런 쌍놈의 시키들. 동네 시끄럽게 하지 말고 꺼져."

"……."

노형진은 악수하기 위해 손을 든 채로 얼어붙었다.

"동네?"

기가 막히다는 듯 바라보는 남상주 변호사.

"이거 원, 남사스러워서. 별거 아닌 걸 가지고 꼭 지랄을 해야겠어?"

"별거 아니다?"

노형진은 코트를 벗어서 상태를 살피면서 살폈다. 그러고는 한숨을 내쉬었다.

"그래! 어린년이 꼬리를 쳐서 실수할 수도 있지. 그걸 이제 와서 돈독이 올라서 자기 가족을 고소해? 망할 년 같으니라고."

"저기요, 아저씨. 그때 그분은 열여섯 살이었거든요?"

열여섯 살이면 자기 할아버지한테 재롱을 부릴 나이가 맞다. 그런데 꼬리를 친다고?

"그때는 다 그런 거지! 어디 어른을 고소해?"

그 말을 듣고 있던 노형진은 자신도 모르게 입을 열었다.

"아, 진짜 뭐 같네."

"뭐?"

노형진의 입에서 거친 말투가 나오자 움찔하는 노인. 그리고 당황하는 남상주 변호사.

"노 변호사?"

"이봐, 노인장. 이거 어쩔 거야?"

"뭐…… 뭐라고?"

"뭐라고 지껄이는 거야, 어린놈의 자식이?"

"어리다, 어리다 하는데 내가 어린 거에 당신이 한 푼이라도 보태 줬어? 그리고 말이야, 이게 얼마짜리 코트인 줄 알아? 이태리 명품 브랜드에서 직수입한 4천만 원짜리야! 4천만 원짜리! 알아? 이거 못 입게 되었잖아! 이 비싼 코트에 똥물을 뿌려? 내가 변호사인 걸 알면서도? 각오는 하고 덤빈 거지? 응?"

"이보게, 노 변호사. 그거 맞춤……으로 만든 4천만 원짜리 맞지, 암."

남상주는 어벙하게 말하다가 재빨리 말을 바꿨다.

사실 노형진이 입고 있던 코트는 양복점에서 80만 원 주고 맞춘 양복이다. 기성복보다 비싼 것은 사실이지만 노형진의 재산으로 봐서는 그다지 비싼 것은 아닌 물건.

"이거 참……."

"이거…… 손볼 수 있는 건 그 이태리 장인뿐일 텐데……."

"그렇죠? 아, 싯팔…… 진짜 엿 같이 만드네."

"그게……."

"어쩔 거냐고!"

움찔움찔하며 물러나는 노인.

그는 다급하게 주변을 둘러보았지만 아무도 없는 상황에서 그를 도와줄 사람이 없었다.

"그건 미안한데……."

"미안? 미안? 지금 이게 미안하다는 말로 해결될 일이야? 4천이라고, 4천! 세탁할 때도 조심해야 하는 물건인데 뭐?

미안?"

"그게⋯⋯."

"어른이 어른 같아야 말이지. 이런 좆같은 새끼를 봤나, 진짜."

"뭐? 좆같은 새끼라니⋯⋯. 어른에게 말하는 버릇이⋯⋯."

"나이를 똥구멍으로 처먹은 새끼가 뭐라고 하는 거야?"

"이놈의 새끼가!"

"하여간 넌 내가 죽인다. 알았냐? 모가지 닦아 놓고 기다려. 남 변호사님, 갑시다. 저 새끼 탈탈 털어야겠네요."

"너 이 새끼!"

자기 잘못은 인정하지 않고 길길이 날뛰는 노인을 두고 나오는 두 사람.

남상주는 그곳에서 나와서 옷을 다 벗고 차에 있던 여행 가방에서 예비 복장으로 갈아입었다.

"노 변호사, 왜 그런 건가?"

"뭐 말인가요?"

"필요 이상으로 화를 내지 않았나? 거기에다 거의 협박까지 하고."

"남 변호사님, 전에 있던 집단 강간 사건 기억나시죠?"

"집단 강간 사건? 기억나지."

"그때와 지금 비슷합니다. 아니, 지금은 더 최악이죠."

"그런가?"

"네, 그때와 마찬가지입니다. 우선 저들의 공격 타깃을 바꿔야 해서요."

"아."

남상주는 노형진의 말에 고개를 끄덕거렸다.

집단 강간 사건 당시 노형진은 자신을 미끼로 던짐으로써 피해자를 보호하는 역할을 했다. 자신이 극도로 화내고 기괴한 행동을 함으로써 언론이 자신에게 쏠리게 만들고 사건 자체를 이슈화시켜 피해자에 대한 관심을 많이 줄여서 그녀가 재기할 수 있게 만든 것이다.

"지금도 마찬가지입니다. 아니, 도리어 친척이라는 면에서 더 곤란하지요."

"이해하겠네. 저들이 그녀를 찾아갈 가능성이 높구만."

"네."

자신이 여기서 물러나면 저 노인은 친척들과 모여서 피해자인 서민희에게 압박을 가하려고 할 것이다.

"아무리 그래도 친척들이니 누군가 한 명은 서민희 씨의 전화번호를 가지고 있을 가능성이 높습니다."

"그렇겠지. 어른들은 몰라도 또래 중 한 명은 가지고 있을 거야."

그런 상황에서 가뜩이나 상처를 치료하려고 노력하는 피해자인 서민희 씨의 상처는 더욱 헤집어질 것이다.

"그건 서민희 씨의 아이들을 위해서도 좋은 것은 아닙니다."

"그래서 그런 거군?"

"네, 일단 제가 공격해 놨으니 저 녀석은 길길이 날뛰면서 저에 대해서 성토하겠죠."

노인들은 단순하다. 자신이 도발했으니 가서 자신에 대해서 욕할 테고 서민희는 나중으로 밀릴 것이다.

"그런데 4천만 원짜리라고 욕한 건?"

"당장 그게 급하니까요."

"결국 인간은 모가지에 칼이 들어와야 반성한다는 자네 지론처럼 말인가?"

"네."

만일 그냥 자신이 도발했다면 그 의뢰인인 서민희에게 저들이 화를 풀지도 모른다. 하지만 자신이 4천만 원에 대한 손해배상을 하겠노라고 못을 박으면서 도발했으니 저들에게 급한 것은 당장 보이지 않는 서민희가 아니라 4천만 원이라는 손해배상을 해 줘야 하는 노형진이 되었다.

"그러니 가서 저에 대해서 성토하겠지요."

"치밀하군."

"성범죄 사건을 해결할 때 최우선 사항은 피해자 보호입니다."

남상주는 고개를 끄덕거렸다.

우리나라에서 가장 안 지켜지는, 그러나 가장 중요한 부분.

"일단은 절 미끼로 던졌으니 당분간은 서민희 씨를 공격하지는 않을 겁니다."

더 큰 적이 나타났으니 작은 적은 신경 쓸 틈이 없을 것이다.

"그런데 아까 그 집으로 들어간 이유가 뭔가?"

"사전에 알아보니 그 집이 항렬상으로 가장 높은 집이더군요. 이미 죽었지만 가해자의 형제입니다."

"형제?"

"네. 가해자는 4남 1녀인데 그가 막내입니다. 현재까지 유일하게 살아 있는 사람이고요. 그리고 가장 적극적으로 서민희 씨를 매도하는 데 나선 사람이기도 했지요."

"끄응…… 미친놈 같으니라고."

"꼰대라는 말이 괜히 생긴 게 아닙니다."

시대가 바뀌면 규칙도 바뀌기 마련이다. 과거에는 복수가 합법이었을지 모르지만 현대에는 복수는 불법이다.

마찬가지로 옛날에는 여자가 먼저 꼬리 쳤다는 말이 어느 정도 먹힐지 몰라도 지금은 말도 안 되는 소리라는 것쯤은 어지간하면 알고 있다.

'근데 그 어지간한 걸 판사가 모르는 게 웃기는 거지.'

물론 꽃뱀이라는 존재가 있기는 하지만 그것 역시 결국은 범죄의 하나일 뿐이지, 성범죄의 피해자에게 할 말은 아닌 것이다.

"결국 오늘은 선전포고하러 온 거구만."

"네. 아무래도 이 사건은 재판정으로 끌고 가 봐야 결국 법적으로는 우리한테 좋을 게 없으니까요."

"흠……."

남상주는 얼굴을 살짝 찡그렸다. 이런 사건이 한두 번이 아니라는 것쯤은 알고 있었으니까.

"새로운 실수를 하도록 유도할 속셈이구만."

노형진은 씨익 웃었다.

⚖️

"이 개새끼들을 당장!"

길길이 날뛰는 노인들. 그들은 노형진이 한 말에 분을 참지 못하고 있었다.

"성님! 이대로 당해야 합니까? 혼꾸멍내야 합니다."

"맞소! 성님이 우리 집안의 대들보유. 우리 집안이 어떤 집안인데!"

변호사라는 인간이 와서 고소하겠다고 깽판을 치고 갔다는 사실에 그들은 하나같이 날뛰면서 혼꾸멍내야 한다고 길길이 날뛰었다.

"맞소! 우리 집안이 어떤 집안인데! 대대손손 양반 가문 집안 아니오? 그런데 어디 근본도 모르는 녀석이 와서 깽판을 치다니!"

"음……."

사람들은 노형진의 계획대로 피해자인 서민희가 아닌 변

호사인 노형진에 대해서 성토하기 시작했다.

"저기요, 진정하시고 일단은 그쪽이랑 이야기해 보죠. 민희가 뭣 때문에 변호사를 고용했는지 모르니까."

그나마 정상적인 일부 사람도 있었다. 그들은 민희가 왜 변호사를 고용했는지 들어 보고 결정하자는 나름 합리적인 의견을 제시했다. 하지만 그 말은 가차 없이 무시되었다.

"어린놈들은 빠져 있어!"

"그래! 나이도 어린 것이 어디 어른들이 말씀을 나누는데 끼어들어?"

젊은 사람들은 얼굴을 찌푸렸다.

'내가 이래서 말하기가 싫어진다니까.'

인간은 이권에 민감한 존재다. 나이를 먹으면 당연히 판단력이 떨어진다. 그게 정상이다.

그런데 문제는 그걸 인정하면 자신들의 권위나 이권이 떨어진다고 판단한다는 점이다. 결국 나이가 많은 사람들이 있는 집단은 아예 젊은 사람들을 무시하거나 발언권을 막아 버린다.

이곳도 그렇다. 아무리 친척들이 모여서 사는 집성촌이라고 하지만 결국은 시골이다 보니 이곳에 사는 사람들의 대부분이 노인이다. 그나마 일부 귀향한 사람들이 있기는 하지만 그들도 여기 있는 노인들보다 항렬이 낮기 때문에 이런 식으로 항렬과 나이로 찍어 누르면 말을 할 수가 없었다.

'내가 더러워서 이곳을 떠난다. 집성촌이라고 내려왔더니 장난하는 것도 아니고. 씻팔.'

젊은 남자는 속으로 이를 빠드득 갈았다.

고향이라고 귀향했더니 젊은 사람이라고 마구 부려 먹었다. 그나마 돈을 달라고 하면 친척끼리 돈 이야기 한다며 화내기 일쑤였고 좋은 게 있으면 뻔질나게 와서 들고 가 버렸다. 당장 그의 농사용 차량들은 대놓고 동네 공용이 되어 버린 상황.

'당장 떠나고 만다.'

그가 그렇게 마음을 굳히고 있을 때 다른 노인들은 속으로 침을 꿀꺽 삼켰다.

'가문의 추문을 알릴 수는 없지. 암, 그렇고말고.'

가뜩이나 이 동네는 젊은 사람이 없다. 그런데 젊은 사람들에게 그런 일이 있었다는 게 알려지면 그들이 떠날 것이라는 게 문제였다. 당장 제대로 농사지을 사람들은 거의 없는 상황이 아닌가?

"어린애들은 알 필요 없다. 그 망할 년이 돈독이 올라서 하는 거니까 그 부분은 어른한테 맡겨."

젊은 사람들은 코웃음 쳤다.

여기는 시골이다. 당연히 젊다고 한다는 말이 어린 것은 아니다. 여기서 젊다고 하는 사람 중 가장 어린 사람의 나이가 서른여덟 살. 하지만 나이 예순 이상 된 노인네들은 그런 사람들에게 어리니 입 닥치고 있으라는 식으로 대응하고 있었다.

"네, 네."

결국 젊은 사람들은 코웃음을 치면서 나가 버렸고, 마을 회관에 남게 된 노인네들은 자기들끼리 이야기하기 시작했다.

"성님, 이 망할 변호사 놈을 어떻게 할까요?"

"음…… 글쎄다……. 마음 같아서는 다리몽둥이를 동강 내고 싶지만……."

아무리 집성촌이고 경찰과 아는 사이라 어지간한 사건은 덮을 수 있다고 해도 상대방은 변호사다. 그러니 전처럼 간단하게 덮을 수는 없다.

"그럼 어떻게 하지?"

"가문의 명예가 있는데 그냥 둘 수도 없고."

"음……."

그들이 고민하고 있는데 누군가 고개를 번쩍 들었다.

"전화해서 항의하죠."

"항의?"

"네, 어린 자식이 세상 물정 모르고 떠드는데 회사에 전화해서 항의하면 회사에서 적절하게 조치를 취해 주지 않겠습니까?"

"옳거니!"

그들은 좋은 생각이라고 고개를 끄덕거렸다.

"그러면 당장 그 녀석 회사로 전화를 돌리세. 그 녀석이
어디 녀석이라고 했지?"

"새론이라고 했지요?"

"새론? 그래, 당장 전화를 돌려서 항의하세. 그러면 그 녀
석은 회사에서 혼꾸멍이 날 거야."

"좋은 생각입니다."

그들은 그렇게 움직이기 시작했다. 하지만 그건 그들의 실
수였다.

⚖️

"이거 원, 예상에서 한 치도 벗어나지를 못하는구만."

노형진은 보고서를 받고 피식 웃었다. 그럴 수밖에 없는 게
얼마 전부터 엄청나게 정체 모를 항의 전화가 오기 시작했던
것이다. 사실 '정체 모를'이라고 하기도 그렇지만 말이다.

"생각들은 하고 사는 건지, 원."

그들은 익명으로 전화한다고 생각하고 있겠지만 요즘은
모든 발신 번호가 표시된다. 당연히 그 전화번호를 보면 어
떤 지역에서 오는지 알 수 있다. 지역 번호도 뜨니까.

더군다나 노형진은 회사의 모든 통화 내역을 녹음하도록
해 놓은 상황이다. 법적으로 상대방이 실수할 수도 있다는
것을 알기 때문이다.

"아주 전화통에서 불이 나는구만."

"그럴 겁니다."

"그나저나 기분 안 나쁜가?"

"나쁘기는요. 제가 노린 건데요."

"그래도 그렇지."

"저야 땡큐죠. 이 정도면 한 방을 노릴 수 있거든요."

"한 방이라."

"들어 보실래요?"

노형진은 남상주에게 녹음된 음성 파일을 들려줬다. 그러자 남상주는 얼굴을 찌푸렸다.

—거기가 노형진이라는 씹 쌔끼가 일하는 곳이오?

—노형진이라는 분이 계시기는 합니다만 무슨 일이신지요?

—야, 이 새끼들아, 직원 관리 똑바로 안 해? 그 삐리리 같은 새끼가 삐리리 해서 삐리리리 하게 두냐? 이런 삐리리 같은 새끼들, 애들 관리를 어떻게 하는 거야?

이런 식으로 욕설하는 것은 기본이었다.

어떤 인간은 끊임없이 전화하면서 일을 방해하고 있었다. 심지어 아침, 점심, 저녁으로 한 시간씩 전화하는 녀석도 있었다. 그것도 대부분 욕설이었다.

"이거참…… 무슨 깡이야?"

"일반적으로 이런 일이 벌어지면 대부분의 기업들은 꼬리를 말기 마련이거든요."

"그거야 그렇지."

"그러니까 저러는 겁니다. 안 봐도 뻔하죠. 제가 질책을 받고 배상받는 걸 포기하기를 원하는 거죠."

일반인을 대하는 사기업들은 안 좋은 소문이 나면 영업에 지장받는다. 그러니 이런 소문이 나면 징계하거나 해직해 버린다. 그들이 노리는 것은 그것이다.

'하지만 변호사 사무실은 다르지.'

변호사 사무실은 일반인을 대상으로 하지 않는다. 정확하게는 일반인 중에서 법적인 조언이 필요한 사람을 대상으로 일한다.

그들은 욕먹는 건 신경 안 쓴다. 자신이 승리할 수만 있다면 말이다. 하물며 노형진은 새론의 주주이기도 하다.

"그래서 멘탈이 강한 직원을 따로 배정한 거구만."

"네."

진짜로 모든 부서에 전화하면 업무가 진행되지 않는다. 그래서 노형진은 멘탈이 강한 직원을 뽑아서 모든 전화를 그쪽으로 연결하게 했다. 그리고 그는 하루 종일 욕을 먹으면서 녹음하고 있었다.

"그 사람이 뭐라고 하던가? 그래도 욕먹는 게 좋을 게 없는데?"

"그거야 그게 자기한테 피곤할 때의 이야기죠."

그 직원은 녹음하면서 느긋하게 시간을 보냈다. 대충 대꾸

하면서 만화책을 빌려서 보기까지 했다.

"이렇게 일하면서 월급 받아서 미안하다던데요?"

"하하하."

자기한테 하는 욕도 아니다. 더군다나 이게 제대로 한 방 먹이기 위한 사전 준비 작업인 걸 그가 모를 리 없으니 그다지 욕먹는 것도 신경 쓰지 않는다.

"이 정도면 아마 대대적으로 영혼까지 털 수 있을 겁니다. 그때부터가 진짜 전투죠."

"이건 그냥 사전 정찰 정도인가?"

"권투로 치면 견제용 잽 정도 되겠네요."

"잽이라…… 이거 상당히 매운 잽인걸?"

"으하하하!"

원, 투 그리고 스트레이트

"아니, 이게 뭐여!"

"성님! 성님! 좀 나와 봐요!"

며칠 뒤, 마을은 발칵 뒤집혔다. 마을 사람들 중 젊은 사람들을 제외하고는 대부분 고소되었다는 사실을 알았기 때문이다.

"당장 마을 회관으로 모여! 어서!"

그들은 생각하지 못했던 사태에 황급하게 마을 회관으로 모였다.

"이게 어떻게 된 거야!"

"경찰서에서 나오래는데유?"

"나도 그래!"

"도대체 어떻게 된 거야?"

다들 황당하다는 얼굴로 서로만 바라볼 뿐이었다.

그들은 법적인 일에 대해서 전혀 지식이 없었다. 당연히 자신들이 한 행동이 일반적으로 먹히는 행동이라고 생각하고 있었다.

"영득아, 이거 어떻게 된 거냐?"

영득이라고 불린 남자가 한숨을 쉬었다.

"보면 모르세요? 고소당한 거잖아요."

"아니, 왜!"

"어디 보자…… 이 소환장에 따르면 명예훼손, 허위 사실 유포, 업무 방해네요."

"그게 뭔 소리야?"

"말씀드렸잖습니까? 전화도 조심해야 한다고."

전화해서는 다짜고짜 욕을 해 댔으니 당연히 명예훼손에 성립한다. 또한 한 지역에서 수차례에 걸쳐서 지속적으로 전화해서 업무 진행을 방해한 것은 범죄라고 할 수도 있다.

"허위 사실 유포는 또 뭐야!"

"음…… 저기요, 4천만 원 달라고 한 증거는 있어요?"

"뭐?"

"그거, 어르신에게 4천만 원을 달라고 했다고……."

"그려! 그놈의 새끼가 그랬지."

"그런데 증거 있느냐고요."

"뭐?"

"어르신 이야기지, 다른 사람은 못 들었잖아요."

"뭐야?"

"제가 전화해 보니까 이야기가 다르던데요?"

"다르다니?"

"그쪽에서는 세탁비로 4만 원만 달라고 했는데 다짜고짜 쫓아냈다던데요?"

"뭐라고?"

다들 기가 막혀서 입을 떡 벌렸다. 그리고 마음 한쪽에서는 그럴 수도 있겠다는 의심이 피어올랐다.

'그러고 보니 그럴 수도 있네.'

상식적으로 옷이 4천만 원이 된다는 것은 말이 안 된다. 하물며 구정물이 묻긴 했지만 못 쓰게 된 것도 아니니 세탁하면 다시 쓸 수 있다. 그런데 4천만 원을 배상하라는 건 터무니없는 소리다.

"뭐여! 내 말이 거짓부렁이라는 거여, 시방?"

길길이 날뛰기 시작하는 노인.

"거짓부렁이 아니라…… 잘못 들을 수도 있다는 거죠. 4천만 원, 4만 원. 한 글자 차이잖아요."

"아이고, 이놈 보게? 그러니까 지금 집안 어른이 아닌 그쪽을 편들어 주는 겨?"

"그게 아니라 그쪽에서 그렇게 말했다는 거잖습니까?"

영득은 어떻게든 설명하려고 했다. 하지만 도무지 노인들은 말이 통하지 않았다. 오로지 자기들이 억울한 부분만 이야기할 뿐이었다.

"그러고 보니 너, 그거 어디 있어?"

"뭐요?"

"경찰서에서 온 거."

다들 경찰서에서 소환장이 날아왔다. 그런데 그에게는 아무것도 없었다.

"전 안 날아왔는데요?"

"왜 너만 안 날아와?"

"그거야 모르죠."

사실 모르는 게 아니라 당연한 거다. 노인이 가는귀를 먹었다는 걸 알고 있던 그는 세탁비 4만 원을 요구했더니 그쪽에서 쫓아냈다고 이야기한 노형진의 말을 듣고 상황을 단번에 이해한 것뿐이다.

"그러고 보니 이놈의 새끼도 없네?"

젊은 사람들은 상황을 납득하거나 전화하라고 압력을 받아도 딱히 전화하지 않았다. 당연히 그들에게 경찰 소환장이 갈 리 없었다.

"이놈의 새끼들이 집안 어른을 배신하고 저쪽에 붙어?"

"이 새끼들이 진짜!"

"무슨 말씀이세요?"

젊은 사람들은 기가 막혔다. 말릴 때는 들은 척하지도 않았으면서 이제 와서 배신자라고 하다니?

"이 새끼들아, 네놈들 부모가 너희를 그렇게 가르치더냐!"

"뭐요? 보자 보자 하니까 왜 부모를 팔아요!"

"상황이 안 그러냐! 도대체 돈 몇 푼 받고 집안을 팔아먹어!"

"아니, 팔아먹기는 뭘 팔아먹습니까? 상식적인 걸 얘기하고 납득하게 해 주셨어야지요."

대화하려고 하면 어린놈들은 입 닥치고 있으라고 한 건 그들이었다. 자신들이 말렸을 때 들은 척도 안 한 것도 그들이었다. 그런데 이제 와서 자신들을 욕하다니.

"너희들이 우리랑 같이 안 움직이니까 이놈들이 우리를 무시하는 거 아녀!"

"무슨 말씀을 그렇게 하세요?"

자신들은 하는 데까지 했다. 그런데 이런 식으로 나오자 젊은 사람들은 기가 막혀서 말이 안 나왔다.

"어린놈들이 우리 말을 안 들으니까 이런 일이 벌어지는 거 아냐!"

"에이, 진짜!"

"이것들아! 어디 가!"

노인들은 당장 새로운 적을 찾기 시작했다.

원래 나이를 먹을수록 강대한 적보다는 이기기 쉬운 적을 찾는 것이 보통이다. 경찰과 싸워서 이길 수는 없다. 더군다나 독재 시절을 지낸 이들은 공권력이란 말 그대로 무소불위의 권력이라고 생각하고 있었다. 그러다 보니 그들은 새로운 적, 아니 원망의 대상을 찾기 시작했고 그건 다름 아닌 자신들의 말을 따르지 않은 젊은 사람들이었다.

"너희들이 제대로 안 하니까 우리가 이 꼴인 거지!"

"아니, 왜 우리를 탓해요?"

"그럼 누굴 탓해! 어른들이 나서서 일을 해결하려고 하는데 자기들만 쏙 빠져?"

"이게 일을 해결하는 겁니까? 분란을 일으키는 거지!"

"분란? 어린놈의 새끼가 못하는 말이 없네!"

"어리다고 하지 마세요! 내일모레면 마흔입니다!"

"이놈의 새끼가 어디 어른한테 꼬박꼬박 말대꾸여!"

그렇게 마을에서는 엄청난 폭풍이 몰아치기 시작했다.

⚖️

"뭐래?"

"아주 살벌하다는데요?"

노형진은 그 마을을 염탐하고 온 사람의 보고서를 보면서 피식거렸다.

"젊은 사람들하고 나이 어린 사람들하고 말도 안 하고 완전히 원수처럼 지낸답니다."

"그래?"

남상주는 혀를 내둘렀다.

물론 생각 없는 젊은 사람들 중에는 욕한 사람도 있다. 그런데 노형진은 어쩐 일인지 젊은 사람들은 무조건 하지 말라고 했는데 그 결과는 생각하지 못한 일이었다.

"원래 이런 시골이라는 곳에서 가장 골 때리는 일이 뭐냐면 자기들끼리 뭉쳐서 뭔가를 은폐하는 겁니다. 그건 해결하는 게 쉽지 않아요. 오래된 사건이니 서민희 씨 사건도 아마 젊은 사람들은 모를 겁니다."

"그렇겠지."

"그렇다면 그런 곳을 공격하려면 가장 먼저 해야 하는 것은 내분을 유도하는 거지요."

남상주는 고개를 끄덕거렸다.

수많은 사람들이 변호사들은 그저 법으로 싸운다고 생각하지만 사실 승리를 위해서 싸우는 것이 변호사인 만큼 필요한 경우 이런 식으로 작전을 짜기도 해야 한다.

"어찌 되었건 그 내부에서 분란이 일어났으니 전보다는 좀 더 공격하기 쉬울 겁니다. 그리고 싸움이 일어난 만큼 노인네들에게 조언을 해 줄 만한 사람은 없겠지요. 사실 그게 가장 큰 목적입니다만."

"그렇겠지. 그들 대부분은 나이가 많으니까."

나이를 먹을수록 사람은 고집이 강해지고 남의 조언을 들지 않는 성향이 강해진다. 자신이 살아온 삶이 올바르다고 믿으며 또한 그걸 기준으로 생각한다.

문제는 사회가 바뀌는 것 역시 받아들이지 않는다는 것이다. 과거 농경 사회에서는 그것이 엄청난 이득이었다. 시대가 거의 바뀌지 않으니 그들의 조언은 무척이나 중요했다.

'하지만 지금은 21세기지.'

10년이면 강산이 변한다는 농담이 절대 농담이 아닌 시대.

10년 전에 없던 수많은 기술들이 세대를 이끌어 가는 시대.

그런 시대에 그들의 조언은 별 의미가 없어졌고, 그걸 알고 있는 노인들이 더 고집을 피우게 된 것이다.

"일단 간단하게 잽을 날렸으니 두 번째 잽을 날려 볼까요?"

"두 번째 잽?"

"네. 설마 이게 끝이라고 생각하셨습니까? 후후후."

⚖️

"아빠!"

"응?"

신문을 보고 있던 서덕배는 딸이 들어오면서 소리를 지르자 무심결에 고개를 돌렸다.

"왜?"

"지금 왜라는 말이 나와? 요즘 읍내에서 도는 소문 못 들었어?"

"무슨 소문?"

소문이라는 말에 서덕배는 고개를 갸웃했다.

"우리 동네 할배들 말이야."

"할배들이라니? 어르신들?"

"그래. 그 인간들이 미성년자 강간한 거 은폐하고 있대."

"뭐? 그게 무슨 소리야?"

생각지도 못한 말에 서덕배는 자신도 모르게 보고 있던 신문을 내려놨다.

"자세하게 이야기해 봐. 그게 무슨 소리야?"

"얼마 전에 집안사람 중에서 누가 변호사 선임했다고 난리가 났잖아?"

"그렇지."

그 변호사가 왔는데 구정물을 쏟아 내고는 쫓아 보냈다. 그런데 그 후에 일이 커져서 대부분의 마을 사람들이 고소당하는 최악의 사태가 벌어진 상황.

"그 변호사가 고용된 이유가 그 여자가 미성년자일 때 마을 사람들이 집단 강간한 걸 은폐한 걸 밝히기 위해서래."

"뭐?"

서덕배는 깜짝 놀랐다. 자신은 몰랐던 일이기 때문이다.

당연하다. 그가 오기 전에 벌어진 일이니까.

"설마. 잘못 안 거 아냐?"

"잘못 안 거 아냐. 지금 주변에 소문이 다 났다고. 인터넷에서 누가 올렸어!"

"이런…… 말도 안 되는…….."

그는 황급히 딸이 본 사이트에 들어갔다. 여자들이 많이 보는 사이트였는데, 거기에는 과거에 벌어진 일에 대한 사실이 올라와 있었다.

"어쩐지……. 노친네들이 날 보는 시선이 이상하더라니."

"뭐라고?"

"나만 지나가면 힐끔힐끔 본다고. 알아?"

"그게 무슨 말이야?"

"노인네들이 나만 보면 힐끔거린다니까."

그러자 서덕배의 얼굴이 사정없이 일그러지기 시작했다.

⚖️

"그냥 인터넷에 알리면 편하지 않나?"

"지금 알렸으면 젊은 사람들 중에서 마을을 지키려고 하는 사람이 나왔을 겁니다."

노형진은 소위 말하는 작업실에서 나오면서 대답했다.

"하지만 현재 그쪽은 분열된 상황이죠. 그러니까 어느 쪽으로 마음이 쏠릴지는 결정된 겁니다."

"거참, 치밀하군."

"결국 언론 플레이도 타이밍의 문제거든요. 아무리 노력해도 타이밍이 빗나가면 의미가 없는 게 사실입니다."

노형진은 서민희의 동의를 얻어서 가명으로 그녀에게 벌어진 사건을 올리기로 했다. 당사자들이야 알아차리겠지만 다른 사람들은 그 글을 보고 서민희라는 것을 모를 것이다. 적당하게 각색했으니까.

"하지만 그렇게 함으로써 노인들이 하고자 하는 가장 큰 목적을 상실하게 만든 거지요."

노인들은 집안 시끄럽게 하지 말라면서 모든 것을 은폐하려고 했다. 노형진 역시 그걸 알고 있었다.

"하지만 이렇게 하면 은폐는 하지 못하지요."

"복수인가?"

"설마요. 이건 복수가 아닙니다. 계획의 일부일 뿐."

"응?"

"저들의 가문 따위 제 알 바 아니거든요."

이제 와서 이 사건이 세상으로 나간다고 해도 바뀌는 것은 없다. 사건 시효는 이미 지났고, 더 이상 어떻게 배상받을 수 있는 것도 없다.

"사실 인터넷으로 올려 봐야 조금 억울한 건 덜할지 몰라도 법적으로 문제가 새로 시작되는 건 아니죠."

"그럼 언플을 할 이유가 없지 않은가?"

"남 변호사님, 이게 다 도구인 겁니다."

"도구?"

"네. 결국 의뢰인에게 배상금을 주는 것이 우리 목적이지요. 그런 만큼 우리가 할 수 있는 것은 다 해야지요."

"이런다고 배상금이 나올까?"

"생각보다는요."

노형진은 나온다고 이야기했지만 법적으로 배상금을 받을 수 있는 시점이 지났기 때문에 남상주는 고개를 갸웃할 뿐이었다.

⚖️

−네, 노형진입니다.

"저기, 죄송한데요. 전에 전화드렸던 서덕배라고 합니다."

−아, 네. 기억합니다. 그 세탁비 문제로 전화 주셨죠?

"네. 그런데 뭐 좀 여쭤 보려고 그러는데요. 그 민희라는 사람이 고소한 이유가 뭡니까?"

노형진은 잠시 고민하는 척 침묵을 지켰다. 그리고 한참 시간이 지난 후에 천천히 입을 열었다.

−죄송합니다만 사건과 관련된 내용을 누설할 수가 없어서요.

"그러지 말고 말해 주십시오."

−죄송합니다. 아무래도 여러 가지로 예민한 문제라서요.

"예민한 문제라니요?"

-말씀드릴 수 없습니다.

"저기요. 저도 딱 그 또래 딸이 있단 말입니다."

-안타깝네요. 저라면 당장 다른 곳으로 보내겠습니다.

"네?"

서덕배는 정신이 번쩍 들었다.

안타깝다니? 이게 무슨 말이란 말인가?

'맞구나.'

성범죄가 아니라면 안타깝다는 소리가 나올 리 없다. 더군다나 다른 곳으로 보낸다니? 이건 빼도 박도 못하는 증거가 아닌가?

-하여간 아무래도 사건에 대해서 말씀드릴 수는 없습니다. 현행법 위반이라서요. 죄송합니다.

노형진은 전화기를 끊었지만 서덕배는 이미 확신하고 있었다.

"이런 젠장······."

그는 사정없이 얼굴을 일그러트리더니 급하게 전화기를 들었다.

"영득아, 형이다. 그래, 잠깐 보자. 너 그래도 나보다는 좀 잘 알 거 아냐? 심각해. 어. 뭐? 애들이랑 술 마신다고? 차라리 잘됐다. 다 우리 집으로 오라고 해."

그는 전화를 끊으면서 걱정스러운 얼굴이 되었다.

잠시 후 몇몇 젊은 사람들이 집으로 왔다.

그들은 서덕배의 말을 들으면서 심각하게 고민하기 시작했다.

"그 말, 진짜야?"

"그래. 보는 눈이 의심스럽다고 하더라."

"젠장."

"왜 그래?"

"아니…… 애 엄마도 그런 소리를 하더라고."

"뭐?"

"내 딸이 초등학교 3학년이잖아. 그런데 노인들이 자꾸 만지려고 한다고 하더라고."

"이런……."

물론 그건 단순히 귀여워서 하는 일이다. 하지만 그 노인들의 시대에는 귀여워서 하는 일로 볼 수도 있지만, 색안경을 끼기 시작하자 끝도 없이 의심스러웠다.

"아니, 그걸 왜 감춰?"

"꼰대들 알잖아. 오로지 가문, 가문. 그놈의 가문이 뭔지."

나이 먹은 사람들의 관념을 이들이 이해하기에는 부족한 것이 현실이다. 당연히 그걸 이해하는 사람은 없었다. 도리어 자기 가족이 표적이 된다고 생각하자 엄청나게 걱정되기 시작했다.

"안 되겠다…… 당장 애들 짐 싸라고 해."

"왜?"

"아니, 위험하게 여기서 학교를 다니게 할 수는 없잖아."

"그거야…… 그러네."

"일단 당장은 읍내에 있는 친구 집이나 다른 친척 집에……
아, 씨발……."

이곳은 집성촌이다. 여기 있는 친척이 위험한데 그곳에 있
는 친척을 믿을 수 있다는 보장도 없다. 더군다나 그들도 오
래산 사람인 만큼 알면서도 모른 척했을 가능성이 높다.

"친구 녀석이 거기서 모텔 하니까 잠깐 빌리자. 그리고 방
하나 구하는 거 어때?"

"방?"

"그래, 우리가 돈을 모아서 빌라를 구해서 애들을 거기에
두자고."

"그래야겠네."

영득의 말에 납득한 사람들은 급하게 전화하면서 자리에
서 일어났다.

덕배는 일어나는 영득의 손을 잡으며 눈짓했다. 그러자 영
득은 할 말이 있다는 사실을 알고는 다시 자리를 잡았다.

"영득아."

"네, 형."

"너 뭐 아는 거 있냐?"

"어떤 거요?"

"이 상황 말이야."

"저도 잘 모르죠."

"그나마 네가 인터넷을 잘 알잖아."

"그렇기는 한데……."

영득은 곤란한 얼굴이 되었다.

"말해 봐."

"사실 저도 인터넷에서 그 글을 보고 아무리 봐도 우리 동네 같아서 찾아봤거든요."

"그런데?"

"돌아가신 첫째 큰아버지 짓 같아요."

"뭐?"

"여러 가지가 겹치잖아요. 원래 군인이었다. 죽었다. 마을 지명은 안 나와도 대충 묘사가 겹치고……. 그리고 이야기를 들어 보니 살아 있는 동안에는 온 동네를 꽉 쥐고 있었다는데……."

"이런 젠장."

역시나 맞을 거라는 의심이 들자 서덕배는 한숨만 나왔다.

"이제 어쩔 거냐?"

"나가야죠. 미쳤어요? 씨발. 그 인간이 뒈졌어도 그걸 감춰 주는 놈들이라니. 끼리끼리 뭉친다는 말도 몰라요? 똑같은 강간범 새끼들이니까 감춰 주지, 누가 그런 걸 요즘 감춰요? 그리고 지금 들었잖아요. 비리한 눈빛으로 봤다잖아요. 그런데 왜 있어요?"

"그렇지?"

"네."

급한 대로 읍내에 집을 구해 주고 학교에 다니게 할 수는 있지만 계속 그럴 수는 없다. 결과적으로 가장 안전한 방법은 이곳을 떠나는 것이다.

"나도 돌겠어요. 애들한테 어른 말 잘 들어라, 잘 들어라 그랬는데 젠장…….."

동네 어른임과 동시에 집안 어른이다 보니 영득은 아이들에게 말 잘 들으라고 가르쳤다. 그런데 이런 상황에서 누군가 안 좋은 생각을 하면 저항도 못 해 보고 당할 수밖에 없다.

"그리고 형님도 아시잖아요, 이런 범죄자들이 우리나라에서 얼마나 처벌 안 받는지."

"그렇지."

"더군다나 나잇살 처먹었다고, 봐 달라고 징징거리면 집유로 끝날 텐데."

가뜩이나 성범죄에 관대한 대한민국이다. 더군다나 다들 나이가 있는 만큼 감옥에 가서 고생하면 죽는다고 징징거리면 대부분 집유로 끝날 가능성이 높다.

"…….."

"그리고 이번에 봤잖아요. 반성할 것 같아요? 안 그래요. 또 가문에 분란 일으킨다고 우리를 욕하겠죠."

"아아, 그렇겠네."

그 둘은 이번에 벌어진 사태를 보면서 확실하게 알 수 있었다. 자신들이 잘못을 하고서는 도리어 젊은 사람들은 고소 당하지 않았다며 책임을 젊은 사람들에게 돌렸다. 그런 인간 들이 과연 어떤 말을 할지는 너무나 뻔하다.

"그 변호사랑 이야기해 줄 수 있겠어?"

"네?"

"이 사건 말이야, 아무래도 그냥은 못 넘어갈 것 같아서 그래."

심각한 문제다. 자신들의 딸과 아내의 안전이 걸린 문제다 보니 덕배의 얼굴이 어두워지고 있었다.

"그 변호사라는 인간을 만나서 이야기 좀 해 봐……. 도대 체 무슨 일이 있었는지 알아야겠어."

서영득은 고개를 끄덕거리면서 침을 삼켰다.

⚖

"그래서 여기까지 오셨다고요?"

노형진은 마치 예상하지 못한 척 깜짝 놀란 얼굴을 하고 서영득을 바라보았다.

"네, 도대체 무슨 일이 벌어진 건지 알아야겠습니다."

"음…… 전에 다른 분과 통화하면서 말씀드렸지만 이런 사 건은 다른 분들에게 섣불리 말할 수 있는 게 아닙니다."

이것이 법이다

"하지만 그곳에 있는 다른 사람들의 처지를 좀 이해해 주시면······."

"안타깝습니다. 저도 충분히 이해합니다만 아무래도 회사 내규상 사건 당사자외의 사람들에게 섣불리 사건을 공개하는 것은 좀 조심스럽네요."

"역시······ 안됩니까?"

"네."

서영득은 침묵을 지켰다.

노형진은 그런 서영득을 보면서 잠시 고민하는 척했다. 물론 실제로는 고민할 이유가 없었다.

'애초에 그 사건을 소문낸 것이 누군데. 흐흐흐.'

애초에 인터넷에 글을 올리고 추천수를 조작해 가면서 인지도를 끌어 올린 것이 자신이다. 그런데 정작 서영득에게 말해 주지 않을 이유가 없다.

"다른 방법이 없는 건 아닙니다만."

"다른 방법이 없는 건 아니라니요?"

"그 사건 당사자라면 이야기가 달라지지요."

"당사자?"

"네."

"무슨 말씀이십니까? 우리는 그런 여자가 있는지도 몰랐는데."

"아, 제가 단어 선택을 잘못했군요. 관련된 자라는 표현이

맞겠군요."

"관련된 자라니요?"

"모르셨습니까? 그분, 같은 가문 사람입니다."

서영득은 입을 쩍 벌렸다. 여자라고 미성년자라는 사실은 알았지만 설마 같은 가문의 사람이라고는 생각도 못 했던 것이다.

"아니, 그게 말이 됩니까!"

같은 가문 사람이라는 것은 누군가의 딸이자 누군가의 친척이며 누군가의 손녀라는 소리다. 마치 자신들처럼. 그런데 그런 사람에게 성범죄라니?

"일단은 제가 말씀드릴 수 있는 것은 여기까지입니다."

"좀 말씀해 주십시오."

"그게…… 저희도 말씀드릴 수가……. 죄송합니다."

노형진은 계속 뒤로 빠졌다.

"하아, 알겠습니다."

결국 영득은 어쩔 수 없이 물러났다.

그 후, 남상주 변호사가 안으로 들어왔다.

"도대체 왜 말해 주지 않은 거야?"

"애 좀 타라고요."

"벌주는 거야?"

"아니요. 저 사람들은 그때 무슨 일이 있었는지도 모를 텐데 왜 벌을 줍니까?"

"그럼?"

"말씀드렸잖습니까? 지금 우리 의뢰인한테 필요한 건 돈이라구요."

"음……."

노형진의 말에 남상주는 여전히 이해할 수가 없었다.

"뭐, 잽은 이 정도에서 멈춰도 될 것 같네요. 슬슬 스트레이트로 들어가도 될 것 같습니다."

노형진은 서영득이 자신의 차로 돌아가는 것을 창문으로 보면서 중얼거렸다.

⚖️

"뭐라고? 우리 친척?"

"네."

"그게 말이나 돼?"

"형님, 뭐 기억하는 거 없어요?"

"글쎄……."

서덕배는 애써 머리를 굴렸다.

젊은 사람들 중에서 그나마 사건에 대해서 알 만한 사람은 그였다. 다른 사람들은 나이를 어느 정도 먹고 들어왔으니 어려서부터 이 근방에서 살면서 교류한 것은 그뿐이었으니까.

"안 되겠다. 족보를 좀 봐야겠어."

"족보요?"

"그래, 뭔 일이 있었다면 흔적이 남았겠지."

그는 당장 방에 들어가서 족보를 가지고 나왔다. 가문에 집착한 아버지 덕분에 족보를 살피는 것은 어렵지 않았다.

그는 자신과 비슷한 나이의 이름을 보다가 고개를 갸웃했다.

"어?"

"왜요?"

"그러고 보니……."

"왜 그러세요?"

"나 어려서 큰집에 가면 있던 애가 있었어."

"있던 애라니요?"

"그 애 이름이…… 민희라고 했던가?"

그는 자신도 모르게 부르르 떨었다.

매사 기가 죽어 있고 뭔가 눈치만 보던 어린아이.

자신보다 좀 더 어린애 같았는데 듣기로는 먼 친척이라고 했다.

'내가 왜 그 생각을 못 했지?'

족보에는 이름이 나와 있지만 그 이후에 어떤 기록도 없었다. 시집갔다는 내용도 없고 말이다. 두 부모도 얼마 전에 죽은 것으로 되어 있었는데, 정작 그 애 이름 이후에는 어떤 흔적도 없었다.

"젠장……."

그는 머리를 부여잡았다.

'큰일 났다.'

그때 민희의 나이가 지금 자신의 딸과 비슷할 거라는 생각이 들었던 것이다.

"그나저나 관련된 자가 된다면 알 수 있다는 건데, 형님은 어떻게 생각하세요?"

"관련된 자?"

"네."

"관련된 자……."

그는 잠시 침묵을 지키다가 고개를 번쩍 들었다. 자신이 이곳에 돌아오기 전 있었던 일이 생각난 것이다.

⚖️

"이제 자격이 되었나요?"

서덕배가 내놓은 명함의 '서민희사건 대책위원회 위원장'이라는 문구를 본 노형진은 고개를 끄덕거렸다.

"확실히…… 관련된 자가 되기는 하셨네요. 개인적으로 만나는 보셨습니까?"

"네……. 우리가 못할 짓을 한 것 같습니다. 친척이라고 신경도 안 쓰다니……."

서덕배는 고개를 푹 숙였다.

"자세한 이야기는 하지 않았나 보군요."

"그냥…… 간략하게만……. 같이 있던 변호사분께서 자세한 건 묻지 말라고 하더군요."

"그럴 겁니다. 그런 상처를 가지신 분들에게는 자꾸 캐묻는 것도 상처가 됩니다. 자세한 이야기는 이미 들었던 사람이 전달하는 게 훨씬 낫습니다. 심리 치료받아야 하지, 남한테 자랑할 건 아니니까요."

"하아……."

서덕배는 한숨이 나왔다.

가문이라는 이름으로 행해진 범죄.

가문의 이름을 더럽히지 않기 위해서 벌어진 행동들.

그 모든 것들이 그에게는 이해할 수 없는 일이었다.

"마음의 준비는 되셨습니까?"

"네."

"그럼…… 이야기하지요."

노형진이 천천히 사건을 설명하자 서덕배의 얼굴은 사정없이 일그러지기 시작했다. 그 이야기가 다 끝났을 때 그는 그저 고개를 푹 숙일 뿐 뭐라고 말을 할 수가 없었다.

"그럼…… 민희랑 아이들은 어떻게 살고 있습니까?"

"좋다고는 말 못 하겠습니다. 그 인생을 들으셨겠지만 그렇게 집에서 쫓겨난 후에 말 그대로 밑바닥 인생을 사셨지요."

"그렇군요……."

그는 한숨만 나왔다.

'도대체가…….'

다 큰 노인이 어쩌자고 이런 범죄를 저질렀는지 알 수가 없었다. 더군다나 상대방은 손녀다. 손녀를 대상으로 그런 파렴치한 행동을 했다는 것은 도무지 용서할 수가 없는 일이었다.

"그럼 우리는 어떻게 해야 합니까? 이제 와서 사과한다고 해결될 수 있는 것도 아니고……."

"가문을 위해서라도 사과하고 적절한 배상을 하셔야 합니다."

"우리야 그러고 싶지요. 하지만 그때 사건을 덮었던 사람들이 아직도 버티고 있는데……."

그들은 지금도 그 사건을 덮으려고 하고 있다. 그들은 나이가 많아서 인터넷에 대해서 잘 모르기 때문에 아직 사건이 새어 나가지 않았다고 믿고 있는 것이다.

"덕배 씨가 도와주신다면 적당한 방법이 있습니다."

"도와 달라고요?"

"네."

"어떻게요?"

"일단 족보가 필요합니다."

"족보?"

"네, 그리고 그 인간들의 개인적인 행동반경도요."

노형진의 말에 서덕배는 그러겠노라고 고개를 끄덕거렸다.

'카운터 연타 들어간다.'

그러면 상대방이 못 버틸 거라는 것을 노형진은 직감했다.

"이게 무슨 소리야?"

유산 반환 청구 소송.

가문의 사람들에게 닥친 새로운 소장.

"말 그대로 유산 반환 청구 소송이네요, 서민희라는 사람이 건."

"이 잡년이!"

"누군데요?"

서덕배는 마치 모르는 척 물었고 화를 내려고 하던 노인네들은 순간 입을 다물었다.

"그런 년이 있다. 나이도 어린 것이 발랑 까진 년이 있었다."

서덕배는 욕이 목구멍까지 올라왔다.

'지랄하네.'

세상에 아무리 까졌다고 해도 자기 할아버지한테 꼬리 칠 여자는 없다. 그런데도 저들은 그녀가 꼬리 친 것처럼 이야기하고 있었다.

"그나저나 우리 가문 사람이었나 봐요?"

"그래…… 그랬지. 호적에서 파 버렸어야 했는데."

"이제 어쩌시려고요?"

"웃기지 말라고 해. 재산 땡전 한 푼이나 줄 거라고 생각해?"

"뭐, 그건 재판에 가 봐야 알죠."

노인들이 길길이 날뛰는 걸 보면서 서덕배는 고개를 흔들었다.

'결국 자업자득이라니까.'

⚖

"서민희 씨는 어떠세요?"

"일단은 안정을 찾고 있어. 늦었지만 상담을 받는 게 도움이 되는 것 같더군."

"자녀들은요?"

"다행히 잘 적응하고 있다네."

"후우, 아이들이 학교에 가기 전에 이런 일이 터져서 다행입니다."

"다행이라고 해야 하나……."

노형진의 말에 남상주는 씁쓸하게 웃었다.

"애초에 이런 일이 생기지 않는 것이 다행인 거긴 하지만요."

"그렇지. 에휴."

남상주는 안타깝다는 듯 고개를 흔들었다.

"그런데 이제 어쩔 건가?"

"당연히 돈을 받아 내야지요."

"유산이라……. 이건 생각하지 못했는데?"

"쫓겨난 거지, 포기하고 나온 게 아니잖습니까?"

"그럼 애초에 유산부터 달라고 하지?"

"그러면 복수를 못 하지요. 잘사는 게 복수라는 개소리를 믿는 타입은 아니라서요."

노형진은 피식 웃으면서 대답했다.

노형진은 어떻게 해서든 돈을 받아 내기 위해서 여러 가지 가능성을 확인하던 중에 새로운 사실을 알았다. 그의 할아버지라는 인간은 그 지역에서도 이름난 부자였던 것이다. 그리고 그 재산은 유일한 자식이었던 서민희의 아버지에게 넘어갔다.

'그런데 그 돈은 사라졌단 말이지?'

그 아버지가 얼마 전에 죽고 난 후 그 돈은 당연히 서민희에게 넘어갔어야 정상이었다. 그런데 그 돈은 단 한 푼도 서민희에게 넘어가지 않았다. 가문의 이름을 더럽힌다고 쫓아보냈던 노친네들이 끼리끼리 나눠 먹은 것이다. 심지어 서민희는 자신의 아버지가 돌아가신 것도 모르고 있었다.

'더러운 새끼들 같으니라고.'

자신들의 더러운 행동은 합리화하면서 피해자에게 죄를 뒤집어씌우는 인간들에게 노형진은 자비를 베풀고 싶은 생각이 없었다.

"복수라……. 오늘 기대해도 되나?"

"네."

노형진은 고개를 끄덕거렸다.

"인간이 얼마나 나락으로 떨어지는지 한번 기대해 보십시오."

⚖️

"재판장님."

노형진은 피고석에 앉아 있는 노인들을 바라보았다.

"지금 피고들은 원고가 당연하게 계승해야 할 재산을 착복하고도 일말의 반성도 하지 않고 있습니다."

"그건 원고에게 돌아갈 재산이 아닙니다. 장손으로서 관리하던 집안의 재산인 만큼 그 재산을 가지고 가는 사람은 당연히 가문의 사람이어야 합니다."

재판 자체는 단순했다. 돌아가신 할아버지와 아버지의 재산을 돌려 달라는 서민희와 노형진. 그에 반해서 명의만 그의 이름으로 되어 있을 뿐 가문의 재산이라는 피고들.

'뭐, 관련 증거는 충분히 모았으니까.'

노형진이 긴 시간을 들여 젊은 사람들이 그들에게 등을 돌리게 하고 자신에게 붙게 만든 것에는 다 이유가 있었다. 서덕배는 노형진을 도와서 관련된 자료를 가져다줬는데, 그 양은 이기고도 남을 정도로 충분했다.

'그렇지만 말이지, 지옥은 지금부터야.'

나이가 있는 노인네들인 만큼 형사 고소를 해도 감옥에 안 간다. 애초에 공소시효가 끝나서 고발도 못 한다.

'하지만 지옥에 떨어트리는 방법은 여러 가지가 있지.'

노형진이 그들의 행동반경에 대한 정보를 요구한 것. 그건 다름 아는 그들을 지옥으로 떨어트리기 위한 것이었다.

"친애하는 재판장님, 평상시의 모습을 보면 그들의 본모습을 볼 수 있다고 합니다. 그런 의미에서 전 피고들의 부정한 모습을 밝히기 위해서 증인을 요청하는 바입니다."

"인정합니다. 신청한 증인, 앞으로 나오세요."

노형진은 고개를 돌려서 입구 쪽으로 소리쳤다.

"목사님! 나오세요!"

"목사님?"

다들 그게 무슨 소리인가 하는 얼굴로 고개를 돌렸다.

피고들 역시 무심결에 고개를 돌려서 그쪽을 확인하다가 얼굴이 사색이 되었다.

"다…… 당신은……."

보통 같은 지역에서 살다 보면 제법 커다란 교회에 같이 다니게 된다. 그런데 그 교회의 목사가 모습을 드러낸 것이다.

"자, 증인. 선서하세요."

목사는 선서하고 증인석에 앉았고 노형진은 그에게 다가가서 미소를 지으면서 물었다.

"증인."

"네."

"증인은 저기 있는 피고들을 어느 정도 아신다고요?"

"네. 오래 다니셨으니까요."

"얼마나 다니셨죠?"

"제일 짧은 분이 한 20년 이상 되신 걸로 알고 있습니다."

"그래요? 그러면 저분들의 본모습은 아십니까?"

"일반적으로 착하고 독실한 신자입니다."

"그래요? 그런데 교회에는 가면을 쓰고 다니는 사람도 있죠? 가령 성범죄자들이라든가…….'"

"뭐, 그럴 수도 있죠."

"진짜로 그렇다면 보통 무슨 이야기를 합니까?"

"그…… 글쎄요? 보통 지옥에 가기 전에 회계하라고 하지요."

"그래요? 그럼 그 말을 피고들에게 해 주시기 바랍니다."

"네에?"

목사는 당황했고, 피고들은 더욱 패닉에 빠지기 시작했다.

⚖

"끝내주네."

"원래 이런 곳은 교회의 파워가 강하거든요."

발 없는 말이 천 리를 간다고 했다.

노형진은 그들의 일상적인 삶을 확인한다는 논리로 그들이 일상적인 삶을 영위하는 장소에서 사람들을 불러왔다. 그러고는 슬쩍 증언하는 척하면서 그들의 과거 행동을 이야기했다. 물론 그 결과는 당연했다.

"완전히 정줄 놨네."

"저 나이 때에는 교회 같은 것에 집착하니까요. 얼마 후면 죽을 나이니까 사후 세계라는 것에 많이 집착하거든요."

　하지만 그들이 사후 세계에 집착하든 말든 목사의 입장에서는 그들을 축출할 수밖에 없었다. 소문이 나면서 여성 신도들과 아이들의 부모들이 쫓아내지 않는다면 다시는 오지 않겠다면서 난리를 쳤기 때문이다.

"그래도 파문당한 건 아니잖아."

"저런 노친네들한테는 마찬가지일걸요? 그나저나 저렇게 영혼이 나가 있으면 안 될 텐데?"

"그러게 말이야."

　노형진이 여기까지 직접 온 것은 다른 이유가 있어서였다.

부아앙!

　잠시 후 마을로 들이닥치는 차량들.

"뭐…… 뭐야?"

"뭐긴요, 압류관이지."

"넌?"

　노형진이 모습을 드러내자 노인들은 이를 악물었다.

"이 망할 놈!"

"죄송한데 망하실 분들은 여러분입니다. 이제 여러분의 재산을 압류할 예정이거든요."

그렇게 나눠 먹은 돈이 수억 원이다. 그런데 그 돈이 어디로 갔는지 알 수가 없다. 그렇다면 남은 것은 하나뿐이다. 바로 압류.

"네가 그러고도 인간이냐!"

"글쎄요. 인간 같은데요? 누구랑 다르게 강간범을 감춰 주지는 않거든요."

"뭐라고? 이 잡놈을 봤나!"

"아, 잡놈이고 잡몹이고. 제가 여기까지 온 건 다른 일 때문입니다."

"일?"

"네, 설마 압류 때문에 여기까지 온 거라고 생각하신 거예요?"

노형진은 피식 웃었다. 그러고는 뭔가를 꺼내서 그들에게 건넸다.

"이건 뭐냐!"

"간단합니다. 가문의 운영 위원을 젊으신 분들에게 넘기고 물러난다는 각서죠. 사인만 하시면 됩니다."

"뭔 개소리야! 저런 대가리에 피도 안 마른 놈들이 뭘 안다고 가문을 운영해!"

뒤에 있던 덕배가 발끈했다.

"제 나이가 마흔다섯입니다. 전부터 보자 보자 하니까 어이가 없네요. 그러는 백부님은 강간범을 감춘 것만으로도 모자라서 집안사람 재산을 빼돌린 게 자랑입니까?"

"뭐? 뭐? 이런 후레자식 같으니라고!"

"자자, 진정하시고."

노형진은 막 싸우려는 두 사람을 갈라놓았다.

"사인하기 싫으면 하지 마세요."

"네?"

그런데 서덕배는 깜짝 놀랐다. 이번 사태에 깨달은 게 많은 서덕배는 제대로 운영하기 위해 가문 운영 위원을 쳐 내려고 했다. 그래서 노형진에게 부탁했다. 그런데 하기 싫으면 하지 말라니?

"뭐, 진정하시고. 사인하는 건 저분들의 의사에 달린 거죠. 하지만."

노형진은 그 노인네들을 바라보았다.

가문이라는 것에 매달려서 한 여자의 인생을 밟은 사람들.

그것도 모자라서 돈까지 훔치고 반성이라고는 안 하는 후안무치한 사람들.

"회의 소집은 우리의 권한이지요. 운영 위원에서 안 물러난다면 우리는 회의를 소집해서 사람들에게 운영 위원 선발을 물어볼 수도 있지요."

노형진은 미소를 지으면서 그 노인네들에게 다가갔다.

"당연하게도 그들은 왜 이런 회의가 열렸는지 궁금해할 테니 전 담당 변호인으로서 여러분들에게 어떤 결격사유가 있는지 가문의 모든 분들이 모인 자리에서 공개해야겠군요."

백부란 불린 노인이 벌떡 일어났다.

"이 개자식, 넌 내가…… 죽…… 죽…… 억!"

채 말을 끝내지 못하고 뒷목을 잡고 쓰러지는 노인네.

"어르신!"

사람들은 깜짝 놀라서 그에게 달려갔지만, 노형진과 젊은 사람들은 그저 차가운 눈빛으로 그 모습을 바라볼 뿐이었다.

⚖

"결국 이렇게 되는군."

남상주는 집을 나오면서 고개를 흔들었다. 의뢰인인 서민희의 새로운 집이었다. 돌려받은 재산으로 구입한 집. 그리고 가문의 젊은이들이 모아 준 돈으로 재건한 집.

"정신적으로 불안정한 여자가 혼자 사는 건 어려운 일이지요. 하지만 일단 다시 가문에 편입되었으니 이쪽에서 돌봐 줄 겁니다. 집성촌이 좋은 게 이거죠."

집성촌이라고 해서 나쁜 것만 있는 것은 아니다. 힘든 일을 겪고 있는 집안의 사람들을 모두가 나서서 도와주려고 하기 때문에 힘든 삶을 살아온 그녀가 정착해서 살아갈 수 있는 최적의 환경이라 할 수 있었다.

"어차피 이제 그녀를 괴롭힐 만한 인간은 없구요."

"그렇지."

백부라는 녀석은 결국 혈압 때문에 죽고 말았다.

물론 노인네들은 고소한다고 난리법석을 떨었지만 노형진은 법적으로 변호사의 업무를 한 것뿐이기 때문에 해당되지 않았다.

"그나저나 더 이상 저항하지 않고 간 게 신기하군."

"더 이상 이 동네에서는 못 사니까요. 그런데 무슨 운영위원을 하겠습니까?"

그 당시 주범이었던 인간들은 결국 고향을 등졌다. 교회를 기점으로 온 동네에 파다하게 소문이 나서 자신들이 지키려고 했던 가문의 명예, 아니 자신들의 명예가 바닥을 친 데다가 집안의 큰 어른인 백부가 쓰러졌음에도 불구하고 꼼짝도 안 하는 마을 사람들을 보면서 이 동네에서는 더 이상 살 수 없다는 것을 알아차린 것이다.

"그나저나 대단해."

남상주 변호사는 노형진을 보면서 혀를 내둘렀다.

"이건 누가 봐도 불가능했는데 말이야."

절대로 돈을 받아 낼 수 없다고, 이길 수 없다고 생각했던 사건이다. 그런데 노형진은 배상금은 아니라고 하지만 감춰져 있던 유산과 비밀을 지켜 주는 대가로 일부 합의금을 받아 내는 데 성공했을 뿐만 아니라 그들을 사회적으로 매장시 켜서 결국 복수를 완성했다.

"불가능. 그건 아무것도 아니라는 말이 있지요."

"응?"

"그런 말이 있습니다. 하하하."

노형진은 웃으면서 미소 지었다. 그리고 고개를 돌려서 나와서 뛰어놀고 있는 아이들을 바라보았다.

이제 여기서 그 가족들은 안정을 찾을 테고, 상담 치료가 끝나면 아마도 정상적인 삶을 살아갈 수 있을 것이다.

"성범죄는 악순환입니다. 남 변호사님도 아시겠지만요."

"그렇지……. 지독한 악순환이지."

성범죄를 당한 여자는 인생이 망가지고, 그 때문에 그 여자의 아이들은 고통받는다. 그러면 또다시 그 아이들은 가해자가 되어 버린다. 한 남자, 아니 한 짐승의 순간적인 쾌락을 위한 것치고는 아주 심각한 악순환이었다.

"그걸 잘 끊어야지……."

"네, 그래야…… 조금은 세상이 나아질 겁니다."

노형진은 고개를 끄덕거렸다.

도를 아느냐고? 레도 안다

　한국에서 살다 보면 사람들은 비슷한 경험을 하는 경우가 많다. 학교를 다닌다든가 아니면 회사에서 갈굼당한다든가 하는 것들 말이다. 그런데 그런 것도 아닌데 사람들이 비슷한 경험을 하게 되는 한 가지 사건이 있다.

　물론 그 대상이 소위 말하는 범죄형이라서 아예 사람들이 접근하지 않는 편이라면 모르겠지만, 일반적으로는 만나는 사람이 한 명 있다. 그리고 노형진 역시 그런 사람을 만나게 되었다.

　"기가 참 맑으시네요."

　"네?"

　길을 가고 있는데 자신을 잡은 여자를 위아래로 살펴보는 노형진.

'얼씨구?'

20대 초반으로 보이는 예쁘장하게 생긴 아가씨와 나이 50대쯤 되어 보이는 덩치 큰 남자였다. 그리고 그중 젊은 여자는 노형진의 손을 잡으면서 미소를 짓고 있었다. 일반적으로는 좋아할 일이지만 그 내면을 너무나 잘 알고 있는 노형진은 한숨이 나왔다.

"저, 음악 배웠습니다."

"네?"

"도뿐만 아니라 레나 미도 아는데요?"

당황하는 여자.

"아니, 그게 조상님이 참 좋아 보여서……."

"아니, 조상님은 그다지 신경 안 쓰셔도 되는데요."

"어……."

노형진은 이런 사람들을 알고 있다. '도를 아십니까?'라 불리는 특정 집단의 사람들. 그들은 이런 식으로 꼬신 사람을 데려가서 제사라는 명목으로 돈을 뜯어낸다.

"제사는 집에서 잘 모시고 있으니까 걱정하지 마세요."

"아니, 그게……."

그 아가씨는 당황한 듯했고 노형진은 피식 웃음이 나왔다.

'영 할 줄 모르네.'

닳고 닳은 인간들은 이런 경험이 많기 때문에 끈질기게 달라붙어서 제사를 지내라는 둥 어쩌고저쩌고 말을 많이 한다.

그런데 이 여자는 그러지 못하는 걸 보니 들어간 지 얼마 안된 모양이었다.

"자자, 젊은 분. 우리가 나쁜 뜻을 가진 것은 아니고, 조상님의 은덕이 자네를 보살피는 것 같아서 그래요."

웃으면서 끼어드는 남자. 보아하니 그가 데리고 다니면서 가르치는 모양이다.

'음?'

그런데 노형진은 그를 보고 고개를 갸웃했다. 오랫동안 변호사 생활을 하다 보면 촉이라는 게 생기기 마련이다. 특히 범죄자에 대한 촉 같은 게 발달한다. 노형진은 회귀 전에도 수십 번의 위기를 겪어 그런 데에 예민한데, 그런 불안한 느낌이 그에게서 나고 있었다.

'아오, 좋은 봄 날씨에 이런 녀석들이나 만나고.'

속으로 툴툴거리면서 노형진은 일단 제대로 대응하기로 했다.

"좋은 말씀을 듣고 싶은 생각이 없습니다. 그러니까 그냥 보내 주시죠."

"에이, 그러지 말고 한번 들어 보세요. 좋은 말씀 한번 들으면 마음이 바뀌실 거예요."

노형진에게 다가오면서 시야를 차단하는 남자.

'시야를 차단해?'

노형진은 직감적으로 뭔가 다르다는 사실을 알아차렸다.

'이상한데?'

보통 시선을 차단하는 것까지는 하지 않는다.

'땀?'

그 순간 여자의 손아귀에서 축축하게 느껴지는 땀. 그건 둘 중 하나다. 그녀가 다한증을 가지고 있어서 시도 때도 없이 땀이 나든가, 그녀가 극도로 긴장하는 것이든가.

'어째서?'

자신의 손을 잡고 있는 그녀의 손에서 흥건하게 나온 땀은 노형진은 그냥 넘기지 않았다.

"그냥 보내 주시죠, 귀찮게 하지 말고."

"좋은 말씀 들으시면 좋다니까요."

슬쩍 앞을 가로막으면서 노형진을 벽으로 밀어붙이려고 하는 남자. 하지만 그 틈에 슬쩍 시야가 드러났고 그사이로 비슷한 남자 두 명이 자신들에게 다가오는 것이 보였다.

'뭐야?'

모른 척하고 있지만 자신과 눈이 마주치자 당황하는 두 사람을 보고 노형진은 위험하다는 사실을 알아차렸다.

자신은 변호사다. 더군다나 적이 많은 편이다. 그러니 백주 대낮에 무슨 일이 벌어져도 이상한 건 없으리라.

'칫.'

노형진은 혹시나 하는 마음에 가지고 있던 것을 슬쩍 꺼냈다.

"안 비켜 주시면 후회할 겁니다."

"자자, 그러지 마시고 조상님의 공덕에 감사하면…….."

노형진에게 말하면서 접근하는 남자.

노형진은 더 이상 시간을 끌면 곤란하다는 사실을 깨닫고는 실력 행사를 하기로 했다.

"후회할 거라고 했습니다."

"조상님에게 감사하면…… 끄르르르륵!"

남자는 노형진을 밀어붙이다가 갑자기 눈을 까뒤집으면서 뒤로 넘어갔다. 평소 호신용으로 들고 다니던 전기 충격기로 그 남자를 지져 버린 것이다.

"어어?"

"뭐야?"

아니나 다를까, 멀찌감치에서 따라오던 두 사람이 그걸 보고 당황하는 눈치였다. 노형진은 도망가려다가 아차 싶었다.

'이런 젠장.'

자신을 잡고 있는 사람이 한 명 더 있었다. 젊은 아가씨. 그 여자는 놀라서 그런 건지 아니면 알아차려서 그런 건지 자신을 더욱 꽉 잡았다.

'지져?'

하지만 상대방은 자신과 너무 가까이 있다. 더군다나 손을 잡은 상태에서 땀이 흥건하게 나 있는 상황이니 아무래도 전기 충격기로 지져 버리면 그 역시 감전될 게 뻔했다.

'할 수 없다. 일단은 엎어치기로…….'

내동댕이치고 도망가려고 하는 노형진. 그런 노형진이 움직이려고 하자 더욱 손을 꽉 잡는 여자.

　노형진이 막 그녀를 패대기치려고 하는 순간 그녀가 갑자기 손을 꽉 잡으면서 매달렸다. 그리고 그다음에 한 말에 노형진은 그녀를 공격하려는 행동을 멈출 수밖에 없었다.

　"아저씨! 저 좀 구해 주세요!"

　"엇?"

　"제발 저 좀 구해 주세요."

　"뭐라고요?"

　"빨리요! 도망가야 해요! 어서!"

　노형진은 어리둥절했다. 하지만 고민하는 시간은 짧았다.

　"뭐야!"

　"잡아!"

　멀찌감치 있던 녀석들이 뭔가 잘못되었다는 사실을 알고는 냅다 뛰어오기 시작한 것이다.

　"어서요! 도망가야 해요!"

　"젠장."

　보아하니 무슨 사정이 있는 것 같았다. 안 그러면 도망가자는 게 아니라 죽자고 매달렸을 것이다.

　"뛰어요!"

　노형진은 그녀의 손을 잡고 열심히 뛰기 시작했다. 하지만 하이힐을 신은 그녀가 빠를 수가 없었고 노형진은 극단적 선택을 하기로 했다.

"택시!"

끼이이익!

택시가 보이자마자 바로 앞으로 뛰어든 것이다.

"야, 이 미친놈아! 죽으려고 환장했어?"

택시 기사는 놀라서 마구 삿대질하면서 욕했지만 노형진은 그녀를 차에 밀어 넣고는 문을 닫았다.

"납치범들에게 쫓기고 있으니까 빨리 달려요!"

"납치범?"

"네!"

택시 운전사는 고개를 돌렸다가 사람들을 넘어트리면서 죽어라 뛰어오는 두 사람을 보고는 급하게 문을 잠그고는 그대로 내달렸다.

"하아."

노형진은 뒷좌석에 기대앉으면서 왠지 잘못 코가 꿰인 듯한 느낌을 받을 수밖에 없었다.

⚖️

"요즘은 편의점에서 여자 친구도 파나 봐?"

"지금 농담이 나오세요?"

"그럼 어디 결혼식장에서 납치라도 해 온 거야? 근데 평일인데 결혼식이 있나?"

"농담이 나오시나 보네요."

노형진은 한숨을 푹 쉬었다.

하긴 편의점 다녀온다며 나간 사람이 다짜고짜 여자를 데리고 들어왔으니 송정한은 재미있을 수밖에 없을 것이다.

"저 여자 때문에 강북까지 찍고 왔습니다. 택시비가 엄청나게 나왔다고요."

"거참……"

노형진은 그 남자들이 차량이 있을 가능성도 따져 봐야 하기 때문에 그걸 확인할 겸, 또 아무래도 직장이 가깝다 보니 그들의 관심도 돌릴 겸 강북까지 갔다 와야만 했다.

"자네에게 돈은 문제가 아니지 않을까?"

"그건 그렇기는 합니다만."

난데없이 자신을 구해 달라고 매달린 여자를 버리고 도망갈 수 있는 남자가 얼마나 되겠는가?

"그나저나 이야기가 잘되어 가고 있는지 모르겠네요."

"잘하겠지, 그래도 같은 여자인데."

"그 얼음 공주가 잘할지는……"

일단 데리고 왔지만 공포에 부들부들 떨고 있어서 뭐라고 말할 수가 없었기 때문에 노형진은 직접 대화하지 못하고 손예은 변호사에게 대신 대화해 달라고 요청했다. 일단 같은 여자니까 좀 나아질 거라 생각했던 것이다.

"다른 여자를 붙였어야 했나."

심지어 송정한조차도 고민하는 그때였다.

"누구를 말이죠?"

송정한의 사무실로 문을 열고 들어오는 손예은.

"아니야. 그냥 직원 문제야. 그래, 어떤가?"

"좀 진정되었습니다. 적당한 이야기도 들었구요."

"그래? 그럼 뭐라던가? 역시 노 변호사를 노린 건가?"

송정한은 농담하면서 물었지만 한편으로는 노형진을 노린 일종의 납치 미수가 아닌가 하는 걱정도 하고 있었다. 그런 데 손예은은 고개를 흔들었다.

"아니요. 그건 아닌 것 같더군요."

"아니라고?"

"신흥 종교입니다."

"신흥 종교?"

"네."

"뭔 소리입니까? 신흥 종교라니요? 이런 '도를 믿습니까?' 같은 행동은 오래전부터 있지 않았나요?"

이런 행동을 하는 특정 종교는 오래전부터 있어 왔다. 그 런 만큼 그들의 행동은 일단 사기일 수는 있어도 그들을 신 흥 종교로 분류할 수는 없다.

"과거의 그 종교가 아니라는군요. 같은 방식을 쓰지만요."

"네?"

과거의 그 종교가 아니라는 말에 노형진은 깜짝 놀랐다.

"그게 무슨 말인가요?"

"신성도라는 종교랍니다. 그런데 요즘 공격적인 방식의 포교를 한다고 하더군요."

"공격적인 방식의 포교?"

"네."

"신성도? 처음 들어 보는데?"

심지어 송정한조차도 처음 들어 본다는 듯 고개를 갸웃했다.

"일단은 이야기를 들어 본 바로는 좀 치밀하게 움직이는 것 같더군요."

"치밀하게 움직이는 것 같다?"

"네. 노 변호사님에게 접근한 것도 딱히 납치하려고 하는 게 아니라 돈을 갈취할 목적이었다고 하더군요."

"하아?"

노형진에게서 돈을 갈취하려고 했다는 말에 다들 이해하지 못하는 사람들.

손예은은 그런 두 사람에게 차근차근 설명하기 시작했다.

"저기 있는 한세은 양의 말로는 상당히 치밀하게 준비되었다고 하더군요."

새로운 종교가 생기면 가장 필요한 건 돈이다. 돈이 있어야 세력을 늘릴 수 있기 때문이다. 특히나 사이비 종교의 경우는 더더욱 그렇다.

이것이 법이다

그리고 신성도는 말 그대로 사이비 종교다. 그런 사이비 종교에서 돈을 가장 빠르게 벌 수 있는 돈은 뭘까? 공장? 아니면 헌금?

아니다. 갈취다.

"그런데 왜 '도를 아십니까?' 같은 짓거리를 하고 다닌 거야?"

"유명하니까요."

"아!"

'도를 아십니까?'라고 불리는 행동은 유명하다. 당연히 자신들이 따라다니면서 그렇게 갈취해도 사람들은 그쪽 종교를 욕하게 되는 것이다. 다른 사람들의 입장에서는 다른 종교라고는 생각을 못 할 테니까.

"방법이야 그렇다고 치고……. 아니, 갈취는 아니잖아?"

아까 시도했던 일은 명백하게 납치다. 아무리 '도를 아십니까?' 쪽 사람들이 사람들을 귀찮게 한다고 해도 납치 같은 것은 하지 않는다. 그런데 아까 벌어진 것은 거의 납치 직전의 상황이었다.

"알 것 같네요."

"알 것 같다고?"

"네, 대포차 같은 거죠."

"대포차? 끄응…… 그렇군."

대포차는 차주와 모는 사람이 다른 차를 말한다. 그렇다 보니 대포차를 모는 인간들은 불법행위를 서슴없이 저지른다. 모든 기록이 차주의 명의로 남기 때문이다.

"이것도 마찬가지입니다. '도를 아십니까?'라는 말은 아주 오래전부터 유명한 것이니까요."

만일 자신들이 시도하다가 안 되면 방금처럼 여러 사람들이 에워싸고 갈취한다.

물론 경찰에 신고당할 수도 있다. 하지만 과연 경찰은 어디를 수사할까? 당연히 과거에 있었던 종교 단체를 수사할 것이다. 그쪽으로는 유명한 일이니까.

"하긴…… 요즘은 '도를 아십니까?'라는 말이 조롱의 대상이니까요."

시대가 발달하고 인터넷이 퍼지면서 과거처럼 그것에 쉽게 당하는 사람은 없다. 도리어 인터넷에 여러 가지 조롱 글이나 대처법이 올라오는 것이 현실이다.

"그런 상황에서 아무래도 도를 아시느냐고 따라 하는 것은 크게 돈은 안 되지요."

"그래서 좋게 말하면 공격적으로, 나쁘게 말하면 강제로 갈취한다 이건가?"

"그럴 겁니다. 어차피 경찰에 접수된다고 해도 수사 방향은 신성도가 아닌 다른 쪽으로 잡힐 테니까요."

"치밀하군."

"네."

자신들은 돈을 삼키면 그만이다.

더군다나 경찰은 어찌 되었건 종교 문제라고 하면 터치하는 것을 싫어한다. 한국이 종교적 자유가 있기도 하지만 종교라는 것이 무척이나 집단적인 것이다 보니 잘못 건드리면 경찰서를 습격하는 것도 우습게 보기 때문이다. 그들의 광신은 상상을 초월하니까.

"그리고 그런 건 상대적으로 소액이죠. 실적은 안 되는데 아무래도 위험부담이 크다 보니까 경찰들도 잘 수사하지 않으려고 합니다."

"끄응……."

"머리 잘 썼네요."

"그런데 왜 노 변호사한테 도와 달라고 한 거야?"

송정한은 이해할 수 없다는 표정이 되었다. 그런 범죄 집단이라면 노형진에게 도와 달라고 할 이유가 없지 않은가?

"대충 알겠네요. 그런 집단에 정상적인 사람이 있을 리 없지 않습니까?"

"그런가?"

"네, 시커먼 남자들이 우르르 몰려가서 압박을 가하는데 누가 들어 주겠습니까? 도망가지 않으면 다행이지."

"설마?"

"가해자가 아니라 피해자일 겁니다. 어떤 식으로든 그들과 엮이면서 빠져나오지 못하게 된 것이겠지요."

노형진은 이야기하지 않았음에도 상황이 대충 이해가 갔

다. 어떤 식으로 엮여 있는 것인지 모르지만 어찌 되었건 그들은 한세은에게 일종의 얼굴마담을 맡겼을 것이다. 그녀가 다가가서 사람을 잡아 두면 다른 사람들이 그를 압박하는 식으로 말이다.

"그러면 나오면 되잖아?"

"낯선 사람들에게 협박해서 돈을 뜯어내는 인간들이 과연 한세은 양 같은 사람에게 협박하지 않았을까요?"

"끄응…… 대충 알겠네."

송정한도 상황이 이해되었다.

조금만 이성이 있는 사람이라면 이런 사이비 종교에 있으려고 할 리 없다. 그렇다면 당연히 나가려고 할 텐데 그걸 그냥 둘 리 없다.

'사이비 종교는 신도가 나가는 것을 극도로 두려워하지.'

그래서 신도가 나간다고 하면 살인도 서슴없이 하는 게 사이비 종교다.

"결국은 그들은 나가지 못하게 다른 방법을 쓸 수밖에 없습니다. 더군다나 20대 초반의 예쁘게 생긴 아가씨라니, 얼굴마담으로는 최고 아닙니까?"

"그렇지요. 안 그래도 그러더군요, 협박당했다고."

"가족이라도 잡혀 있는 거야?"

"차라리 그런 거였다면 신고하면 됩니다. 하지만 그들이 주소를 안다더군요."

"끄응……."

차라리 잡혀 있는 거라면 경찰에 신고해서 구출 작전을 짜면 된다. 하지만 상대방이 가족의 주소나 일하는 곳 등을 안다고 하는 것을 협박으로 판단하려면 증거가 엄청나게 많이 필요할 뿐만 아니라 경찰도 그걸 협박으로 받아들이지 않는다. 더군다나 그들에게 해를 끼칠 수 있는 공간이 너무 많아지는 탓에 지키는 것도 쉬운 일이 아니다.

"그런데 용케 나왔군."

"내부에서 그녀에 대한 결혼 이야기가 나왔답니다."

"결혼?"

"네, 상부에 있는 신도가 그녀에게 결혼을 신청했다고. 그런 경우 대부분 허락되는데 여자는 거부할 수 없다고 하더군요."

노형진은 갑자기 등골이 오싹해졌다. 과거 어떤 종교와 비슷한 모습을 보였기 때문이다.

"이거…… 골 때리는데?"

"왜 그러나?"

"아니요……. 그냥…… 데자뷔 같아서요."

"자네도 그런가?"

"네."

"끄응……."

"하여간 그녀가 도망갈 수밖에 없는 상황이었겠군요."

"네."

함께 다니는 한 명의 남자. 그리고 그 남자와 따라다니는 두 명의 남자. 그들은 함께 일하는 동료임과 동시에 그녀를 잡아 두는 일종의 감시 역이었던 것이다.

　'그래서 나한테 도와 달라고 한 거구만.'

　자신이 가장 가까이에 있는 한 명을 쓰러트렸고 나머지 두 명은 제법 먼 거리에 있었다. 어쩌면 도망가기에는 최고의 타이밍이었을지도 모른다.

　"이거…… 골 때리는군."

　"그러네요."

　"도와주실 생각인가요?"

　"글쎄요……. 일반적으로 경찰에 신고하면……."

　"이런 사건의 대부분은 의미 없이 끝나지."

　경찰에 신고해 봐야 저들에게 적용할 수 있는 죄목은 별로 없다. 증거가 없기 때문이다.

　"의뢰비는 대룡에 부탁해서 처리하고 도와줬으면 합니다."

　"대룡에?"

　"네."

　손예은은 짧게 말했지만 노형진은 이유를 알 수 있었다.

　"또 있나 보군요."

　"자신이 있던 숙소에만 대략 열네 명 정도 있다고 하더군요."

　"열네 명이라……."

　그 열네 명이 과연 그곳에서 일하는 모든 사람들일까?

그럴 리 없다. 아마도 그 열네 명은 소위 얼굴마담을 위해서 강제로 잡혀 있는 사람일 것이다.

"이거……참…… 경찰에 신고해야 하나?"

"경찰은 종교 단체에 관여하는 걸 꺼립니다."

"만구파 사태에서도 배운 게 없으니, 원…….."

처음에 만구파가 무장한 사태가 벌어졌을 때만 해도 한국은 종교 집단에 대한 대대적인 감사를 해야 한다고 난리법석이었다.

하지만 대형 종교 집단들이 이를 종교 탄압이라고 게거품을 물면서 결국 모든 것은 흐지부지되어 버렸고, 과거처럼 좋은 게 좋은 거라는 식으로 변해 버렸다.

'종교가 정치화되면 좋은 게 없는데 말이지.'

그렇게 되면 이런 식으로 틈을 파고드는 녀석이 있기 마련이다.

"그러면 어떻게 구하지?"

당장 좋은 방법은 들이닥쳐서 구해 오는 것이다. 하지만 그건 기본적으로 불법이다.

"도리어 그쪽에서 우리를 고소할 수도 있습니다. 그리고 그 열네 명 중에는 이미 돌이킬 수 없이 그 종교에 빠진 사람도 있을 테구요."

"스톡홀름증후군 말인가?"

"네."

스톡홀름증후군이란 인질극에서 인질이 인질범에게 감정적으로 동화되는 것을 말한다.

"네, 지난번 만구파의 사태 때도 보셨잖습니까?"

"그건 그렇지."

그 당시 정부에 극렬하게 저항하던 사람들 중 상당수는 어려서부터 세뇌된 희생자들이었다. 그들은 자폭도 불사하면서 극렬하게 저항했고, 그 때문에 나중에는 탱크까지 동원되었다고 한다.

"우리가 가서 구해 올 수는 있지만, 만약 상대방이 신고해서 납치라고 해 버리면 우리는 돌이킬 수 없는 상황에 빠지게 됩니다."

"끄응……."

노형진은 고개를 흔들었다. 이건 진짜 도움을 받기도 힘든 상황이 되어 버렸기 때문이다.

"일단은 그 아이들을 구분하는 것이 제일 중요한데……."

"그걸 알 만한 사람이……."

"딱 한 명 있지요."

노형진은 고개를 돌려서 자신의 사무실 쪽을 바라보았다.

⚖

"한 열 명 정도는 빠져나오고 싶어 해요. 하지만 나오면 가족들에게 무슨 짓을 할지 모른다는 사실 때문에 못 나와요."

"그럼 나머지 네 명은 감시 역이군요."

"네."

커다란 빌라 한 동을 빌려서 살고 있는데 1층에는 남자 숙소가, 5층에는 여자 숙소가 있다고 한다.

'전형적인 감시 체재군.'

뛰어내릴 수는 없으니 1층을 지나가야 하는데 규정상 혼자 가는 것은 절대 불가능. 단순히 마트 하나 살 때도 팀장급, 즉 충실한 신도를 데리고 가야 하는 것이 규칙이란다.

"그런데 도대체 어쩌다가 그런 곳에 빠진 겁니까?"

"전…… 남자 친구가…….."

"남자 친구?"

"네."

전 남자 친구가 다니던 종교였다는 것이다. 애초에 전 남자 친구라는 녀석도 그녀를 꼬시기 위해 접근한 것이었고 말이다. 사실을 알았을 때는 위험성 때문에 탈출하는 것이 쉬운 게 아니라는 것이었다.

"어쩐다……."

"그 반반한 얼굴에 속는 게 아니었는데…….."

한세은은 눈물이 가득한 얼굴을 푹 숙였다.

노형진은 입맛을 다셨다. 이제 와서 자신이 도와줄 수는 없기 때문이다.

"그렇다면 어떻게 해야 하나요?"

"일단은 그곳에 있는 친구분들의 안전을 확보하는 게 더 중요하다고 생각되네요."

"하지만 가족들이……."

"본인이 구해져야 가족들이 구해집니다. 그리고 그 정도의 집단 감금이면 가족들에게 해를 끼치고 싶어도 그러지 못할 겁니다."

"네에?"

"지난번 만구파 사건 이후에 집단적으로 종교 단체에서 뭔가를 하는 것을 사회 전반에서 무척이나 꺼리는 분위기거든요."

그날 이후 종교 단체도 대형 행사는 취소했다. 아무리 막 나간다고 하지만 국가에서 대대적으로 감시하는 것까지 막을 수는 없기 때문이다.

"일단 한세은 씨 가족들에게는 사람을 보내서 피신시켰습니다. 다행히 아직까지 문제는 없다고 하더군요."

"가…… 감사합니다! 감사합니다!"

"아직 감사의 인사를 하기는 이릅니다. 다른 분들을 꺼내는 것을 생각해 봐야지요."

⚖️

"흠…… 그 말이 진짜입니까?"

"네."

정우찬의 말에 노형진은 살짝 얼굴을 찡그렸다.

부랴부랴 사람을 한세은의 집으로 보냈는데 한세은의 가족을 대피시키고 난 후 어떤 남자들이 그 집 주변에서 얼쩡거렸다는 것이다.

"우연일 수도 있습니까?"

"아닙니다. 저녁 12시 30분경까지 기다리다가 철수했습니다."

"기다렸군요."

낮에는 사람이 나가 있을 수 있다. 하지만 밤이면 당연히 자러 와야 한다.

"그 후에는요?"

"사람들이 오지 않자 그곳을 떠나더군요."

"좋지 않아요."

끌고 가려고 온 것인지, 아니면 진짜로 가족들을 해치려고 온 것인지 알 수 없지만 확실한 것은 그들이 한세은을 쉽게 포기할 생각이 없다는 걸 확실하게 보여 줬다는 것이다.

"고작 한 명인데 그럴까?"

"사이비 종교를 지탱하는 가장 큰 힘은 믿음이 아닌 공포입니다. 여기서 나가면 해를 끼친다, 피해가 온다 같은 공포요. 그런데 한 명이 나갔을 때 제대로 대응하지 않으면 연쇄적으로 다른 사람들도 나가려고 할 겁니다."

"작은 구멍이 댐을 무너트린다는 건가?"

"네."

사람은 살아가면서 다른 생각을 하기 마련이다. 그건 어쩔 수 없다. 문제는 이런 사이비 종교는 종교가 아니라 기업이라는 거다. 공짜로 부려 먹을 인력이 사라지면 자신들에게 피해가 오는 기업.

"생각해 보십시오, 왜 종교들이 그렇게 모태 신앙에 연연하는지. 준비된 신앙인이라고 표현하지만, 나쁘게 말하면 태어나면서부터 세뇌된 인력입니다. 어려서부터 배운 것을 배신하는 것은 쉬운 일이 아니지요."

"그건 그렇지."

"그러니까 모태 신앙에 연연하는 겁니다."

"끄응, 결국 그들은 쉽게 포기하지 않겠군."

"본을 보여야 하니까요."

같이 살았다고 하니 한세은의 탈주는 아마 주변에 알려졌을 것이다. 그런 상황에서 제대로 대응하지 못하면 당연히 남아 있는 사람들 중 강제로 잡혀 있는 사람들이 탈주를 꿈꾸게 된다.

"그리고 그걸 그냥 두고 볼 리 없지요."

"그럼 어쩌란 말인가? 확실하지 않은 걸로 경찰에 신고해봐야 그다지 신경을 안 쓸 것 같은데."

"그럴 겁니다."

설사 경찰에 신고한다고 해도 그들이 해 줄 수 있는 것은 기껏해야 순찰을 돌아 주는 정도가 한계다.

'생활 반경을 다 따라다닐 수는 없지.'

더군다나 그런다고 해서 뭐가 바뀌는 것도 아니고 말이다.

"일단은 현재 가장 좋은 방법은 다른 사람들을 다 구하는 겁니다. 아무래도 사람이 많아지면 그들도 경거망동하기 힘들어지니까요."

"하지만 무슨 수로 말인가? 노 변호사도 알다시피 철저하게 감시 체계가 되어 있는데."

"적당한 방법이 있습니다. 다만…… 돈이 좀 들어간다는 게 문제인데……."

"돈?"

"네. 아주 큰 돈은 아니지만 일단 쇼를 하기 위한 돈은 필요하니까요."

"쇼라고?"

송정한이 고개를 갸웃하자 노형진은 차근차근 설명해 줬다.

그 말을 들은 송정한은 손바닥을 탁 소리 나게 쳤다.

"그런 규정이 있구만."

"그렇지요?"

"역시 자네는 천재야. 도대체 어떻게 그런 생각을 하는 거지?"

"하하하, 뭐 이런 걸 가지고. 그렇지만 그래도 어느 정도 자산은 필요한 거 아시죠?"

"그 정도야 뭐, 대룡에서 내줄 걸세. 하하하."

"하하하."

대룡은 가만히 있다가 의문의 1패를 당하고 말았다.

"나가라고?"

신성도의 기숙사 관리실장은 당혹스러운 얼굴이 되었다. 하지만 집주인은 더욱 당황스러운 얼굴이 되었다.

"미안하이."

"아니, 갑자기 그러면 어쩝니까?"

"아니, 나도 워낙 갑자기 생긴 일이라……."

얼마 전 갑자기 수돗물에서 녹물이 콸콸 흘러넘쳐서 검사를 맡겼는데 생각지도 못한 보고서가 나와 버렸다.

"안전 위험도에서 경고를 받아서 당장 리모델링을 해야 한다는데……."

"아니, 갑자기 그러시면……."

"나도 그러고 싶지는 않네. 잠깐만 나가 있으면 리모델링 끝나고 바로 기간을 연장해 줄게."

"끄응……."

일반적으로 집주인이 세입자를 기한 내에 내보내는 것은 법적으로 보호받는다. 하지만 단 하나, 리모델링을 위해서 내보내는 것은 보호받지 못한다. 그래서 수많은 건물주들이 리모델링을 한답시고 사람들을 내보내고는 한다. 더군다나 이번에는 안전 문제까지 달려 있다고 하니.

'망할…… 어쩐지 더럽게 싸더라니.'

딱 봐도 오래된 빌라다. 넓기는 한데 오래되어서 여기저기 금이 간 것도 보이는 상황인지라 약간 찜찜했는데 사고가 터진 것이다.

"아직 1년이나 남았는데……."

"그러니까 나가고 나면 다시 안 받겠다는 것도 아니지 않은가? 리모델링이 끝나고 나면 바로 연장해 준다니까?"

"끄응……."

그냥 내보내겠다는 것도 아니고 연장해 준다고 하니 그들은 할 말이 없었다.

"알겠습니다. 그렇게 하지요."

결국 관리실장인 도길환은 고개를 끄덕거릴 수밖에 없었다.

⚖️

"에이, 이 돈으로는 힘들지."

"무리예요."

당장 빌라를 얻어서 나가야 하는데 아무리 찾아도 나오는 곳이 없었다. 애초에 위에서 준 돈은 허름한 곳을 얻을 수 있는 수준이라 제대로 된 곳을 얻는 것은 불가능했기 때문이다.

'이러면 곤란한데.'

자신들의 영업 장소는 여기다. 멀리 나가 버리면 관리가 힘들어진다. 그렇다고 놀 수는 없는 노릇 아닌가?

"이거 무슨 짓거리인지⋯⋯."

도길환은 이를 박박 갈면서 십여 군데의 부동산 소개소를 돌아다녔지만 그 돈으로 얻을 수 있는 곳은 없었다.

그러던 중 하늘이 도와준 것일까? 적당한 곳이 나왔다.

"적당한 곳이 있기는 한데⋯⋯."

"네? 진짜요?"

"그래. 3년 된 신축 빌라로 평수는 48평. 금액은 자네들이 이야기한 거랑 똑같네."

도길환은 입을 쩍 벌렸다.

'아니, 이 무슨 말도 안 되는 조건이.'

자신들은 이 돈으로 32평의 당장 무너져도 이상하지 않은 빌라를 구했다. 그런데 48평에 더군다나 신축이라니?

'뭔가 이상하다.'

그는 직감적으로 뭔가 있다는 사실을 알아차렸다.

"야야, 거기 하자. 거기. 신축이라잖아. 신축. 혹시 엘리베이터도 있어요?"

"있지."

"오오, 거기 하자. 거기."

여자는 호들갑을 떨고 있었는데 도길환은 그런 여자에게

핀잔을 주면서 진지하게 물었다.

"가만히 좀 있어 봐. 너무 조건이 좋잖아."

"응?"

"생각해 봐. 48평에 지은 지 3년 된 신축 빌라가 이 조건으로 나온다는 게 말이 돼? 지금 우리가 돌아다녀 봐서 가격은 대충 알잖아?"

"어…… 그러네? 이상하네."

"크흠."

그러자 부동산 업자는 슬쩍 시선을 돌렸다.

"뭡니까, 이유가?"

"아니, 이유라고 할 것까지야……."

"좀 수소문해 보면 나오는 거 알죠? 그냥 이야기하죠. 납득할 만한 이유면 우리가 계약할게요. 그 조건인데도 안 나간 걸 보면 다른 이유가 있는 것 같은데."

"그다지…… 이유는……."

"그냥 갈까요?"

부동산 업자는 한숨을 쉬었다.

"사실은 거기에서 사고가 조금 있었거든."

"사고?"

"응."

"무슨 사고요?"

부동산 업자는 여전히 말하는 걸 꺼렸지만 도길환은 자리를 박차고 일어남으로써 말해 주지 않으면 안 한다는 것을 확실하게 했다.

"그럼 갑니다."

"잠깐…… 기다리게……. 끄응…… 둘 보니까 아무래도 신혼집 구하는 것 같기는 한데……."

"어머, 어머."

여자는 괜히 얼굴을 붉혔고, 도길환은 부동산 업자를 더욱 압박했다.

"말 돌리지 마시고 이야기해 보시죠."

"하아, 사실은 거기서 살인 사건이 났었거든."

"살인 사건요?"

"그래, 젊은 부부가 이사 왔는데 남편이 정신병이 좀 있었나 봐. 그래서 아내랑 아이를 죽이고는 정신병원으로 끌려갔어."

"헐,."

"그래요?"

"그래, 그거 때문에 우리도 아주 골치라고. 애초에 신혼집 용으로 만들어진 빌라인데 그걸 듣고 누가 들어오려고 해야 말이지. 집주인이 복비를 세 배를 걸었다네. 그런데 들어와 야 말이지."

도길환은 고개를 끄덕거렸다.

확실히 납득이 갈 만한 이유였다. 신혼집을 꾸밀 집인데 살인 사건, 그것도 미친놈이 가족들을 살인한 장소에 집을 꾸미려고 할 사람은 없을 테니까.

"일단 사람이 살아야 소문도 점점 흐려지는데 아무도 안 사니까 주변에서 계속 수군거리고 땅값만 떨어지고. 주인은 환장할 노릇이지."

도길환은 자리에 다시 앉았다.

"일단은 우리는 신혼부부가 아닙니다."

"그런가?"

"하지만 그 집은 마음에 드네요. 기숙사로 써야 하는데 아래층은 어떤가요?"

"그거야…… 아래층은 이곳의 가격의 세 배지."

"네에?"

"그렇지 않나? 살인 사건인 난 곳은 그곳뿐인데."

"이런…….."

당장 방을 구할 수 있다고 좋아했는데 그러면 감시에 문제가 생긴다.

"뭘 고민해?"

"아니야……. 그 집을 좀 볼 수 있을까요?"

"그렇지."

부동산 업자는 바로 그들을 데리고 그 집으로 향했다. 그리고 그 집을 본 여자는 눈이 똥그래졌다. 누가 봐도 아주 잘 만든 집이었기 때문이다. 화려하고 살기 좋은 최신 시스템은 다 들어가 있는 집.

"어머, 어머. 이거 봐. 식기 세척기까지 옵션이야."

"돈 벌려고 투자 좀 했지……. 그 사고만 없었다면 말이야."

도길환은 잠시 고민하다가 고개를 끄덕거렸다.

'어쩔 수 없지. 애초에 이 돈으로 한 채에 같이 있는 걸 구하는 건 무리다. 일단은 여자애들만 몰아넣자. 남자 새끼들은 숫자도 얼마 안 되니 근처 모텔에 몰아넣으면 되니까.'

남자들이야 조금 불편해도 모텔을 전전해도 된다. 하지만 여자애들은 얼굴마담으로 써야 하기 때문에 그것도 안 된다.

"이곳, 계약하지요."

"진짜로?"

"네, 어차피 제가 살 곳은 아니니까요."

좋아서 방방 뛰는 여자를 보면서 도길환은 피식 웃어 버렸다.

⚖️

"낚였습니다."

"역시."

노형진은 보고서를 받고는 씩 웃었다.

"그럴 줄 알았지."

그들이 지금 그 돈으로 갈 수 있는 곳은 없다. 그 점은 이미 확인한 상태였다.

"그런데 의외로 쉽게 속는군."

"그거 아십니까?"

"뭐?"

"사이비 종교에 많이 속는 사람들은 의외로 학식이 있는 지도층이라는 거. 대학교수나 고위 공무원들이 사이비 종교에 많이 빠집니다."

"그래?"

"네."

그들은 똑똑하다. 그리고 자신들 스스로도 똑똑하다는 사실을 알고 있다. 문제는 그게 독이 된다는 것이다.

그들은 자신이 똑똑한 걸 알기 때문에 자신은 남과 다르다고 생각한다. 그래서 남의 말을 잘 안 듣는다. 그렇다 보니 자신이 맞다고 생각하면 그것만 따라간다.

"그런 사람들의 특징이 자신이라면 뭐든 해낼 수 있다고 생각한다는 겁니다."

지금도 그렇다. 저 남자는 자신이 뭔가 이상하다고 생각해서 캐물은 덕에 숨겨져 있던 정보를 알아냈다며 뿌듯해하고 있지만, 사실 그건 조금만 생각하면 다 알아낼 수 있는 거다. 그걸 모르는 저 여자가 멍청한 것이지, 남자가 똑똑한 게 아니라는 것이다. 하지만 그 남자는 고작 그것 하나로 기고만장해져서 진위 여부를 확인할 생각은 안 하고 있었다.

'멍청하긴.'

사실 거기에서 살인 사건 따위는 없었다. 다 저 부동산 업자와 짠 것이다. 애초에 그 돈으로 방을 구하지 못한다는 것을 알고 있었기 때문에 주변에 있는 적당한 방을 임대해서 그들을 함정에 빠트린 것이다.

"그럼 이제 어쩔 건가?"

"아무래도 저들의 감시가 소홀해지는 틈이 있겠지요."

"이사 날 말이군."

"네."

이사하는 날이면 남자들은 짐을 옮겨야 한다.

열네 명을 한 공간에 몰아넣고 지냈으니 아무리 최소한으로 살았다고 해도 짐이 적지는 않을 것이다.

더군다나 이제는 같은 건물에 살 수가 없으니 감시하기도 힘들다.

"이사 날이 진짜로 이사하는 날이 될 겁니다. 후후후."

⚖️

"짐이 장난 아니네."

노형진은 엄청난 양의 짐을 보고 혀를 내둘렀다.

"아무래도 사는 사람이 많으니까."

"그나저나 남자들이 생각보다 숫자가 적군요."

"그들은 감시하는 사람들일 뿐이니까요."

"체계적이군요."

함께 다니는 사람들이 모두 다 같이 사는 건 아니었다. 그들은 외부에 숙소가 있거나 가정이 있기 때문에 따로 살았다. 이는 즉, 아래층에서 살면서 감시하던 남자들은 생각보다 적다는 뜻이다. 당연히 짐이 많아서 그들은 상당한 시간을 옮겨야 했다.

"남자들은 숙소를 어디로 잡았습니까?"

"여기서 차로 30분 정도 떨어진 곳에 잡았습니다."

"역시."

가진 돈이 부족하다 보니 아무래도 일단은 멀리에 구한 모양이었다.

"바로 움직이지는 못하겠군요."

"네."

"사람들은 준비되었나요?"

"준비되었습니다. 바로 움직일 수 있습니다."

노형진은 고개를 끄덕거리면서 망원경을 내렸다.

"그러면 오늘 저녁에 움직입시다. 아마도 저들은 죽은 듯이 잠들어 있을 테니까요."

주변 사람들은 고개를 끄덕거렸다.

⚖️

철컥.

새벽 2시경. 사람이 가장 깊이 잠들어 있는 그 시간에 노형진은 자신들이 빌린 빌라 옆집에 서 있었다.

"여세요."

"네."

선두에 선 정우찬은 베란다에 달린 벽을 살짝 당겼다. 그러자 '찌익' 하는 소리가 좀 들리는 듯하더니 벽이 통째로 뜯겨 나왔다.

"좋은 생각이군. 이러면 걸리지 않고 들어가겠어."

다세대 주택의 경우 화재 발생 시 비상 통로를 만들어 두는 것이 법적으로 의무화되어 있다. 아파트는 그럴 때를 대비해서 베란다의 벽을 아주 얇게 만들어 둔다. 화재 발생 시 거기에 구멍을 뚫고 탈출할 수 있게 하기 위해서다. 그리고 이 빌라는 그런 아파트의 형태와 똑같이 만들었다.

"안으로 들어갑시다."

조용히 안으로 들어가는 사람들.

다행히 짐이 정리된 것이 없어서 베란다 벽을 막아 두지는 않아 들어가는 것은 어렵지 않았다.

"쉿."

안으로 들어가자 바닥에 널브러진 채로 잠들어 있는 여자들이 보였다.

"한세은 씨, 알아볼 수 있겠어요?"

"네."

한세은은 침을 꿀꺽 삼키면서 사람들 중 몇 명을 가리켰다. 교단에 절대적으로 충성하면서 자신들을 감시하는 여자들이었다.

"좋습니다. 이제 뒤로 물러나세요."

한세은을 다시 내보낸 노형진은 그들을 제외하고는 다른 사람들을 조용히 흔들어 깨웠다.

"일어나세요……. 일어나세요."

"누……구…….."

일어나던 여자는 자신도 모르게 비명을 지를 뻔했다. 시커먼 누군가가 자신의 앞에 서 있었기 때문이다. 하지만 이미 노형진은 그에 대비해서 그녀의 입을 막은 상태였다.

"구해 드리러 온 겁니다. 탈출시켜 드릴 겁니다."

"……."

"입에서 손을 뗄 겁니다. 그러니까 고개를 끄덕이세요."

조심스럽게 고개를 끄덕거리는 여자. 노형진이 손을 뗐지만 그녀는 침을 꿀꺽 삼킬 뿐 비명을 지르지는 않았다.

"진짜로 절 탈출시켜 주실 건가요?"

"네."

"하지만 가족이…….."

"나가면 가족에게 바로 연락해서 대피시킬 수 있게 해 놨습니다. 그러니까 걱정하지 마세요."

여자는 격하게 눈동자가 흔들리다가 조심스럽게 일어났다.

"다른 아이들은……."

"지금 다 깨우는 중입니다. 모두 데리고 가……."

말을 하기도 전에 어두운 밤하늘에 찢어지는 비명 소리가 울려 퍼졌다.

"꺄아아악!"

여자의 비명 소리에 노형진은 얼굴을 찌푸렸다.

'망했다.'

최선책은 감시자들이 잠든 틈을 이용하여 데리고 가는 것이었다. 하지만 이렇게 비명을 질렀다는 것은 뭔가 잘못되었으며 감시자들이 일어난다는 뜻이다.

"도대체 무슨 소리야? 이 밤중에 잠이라도 좀 자……."

옆에 있던 감시자가 일어나려고 하자 노형진은 재빨리 움직여서 그녀를 찍어 누르고 입과 눈을 가렸다.

"읍읍!"

그녀가 비명을 질렀지만 노형진은 봐줄 생각이 없었다.

"플랜 B."

일어날 것을 대비해서 준비한 계획을 실행하자 함께 온 사람이 재빨리 주머니에서 플라스틱 타이를 가져다가 그녀를 묶고는 테이프로 그녀의 입을 가렸다.

"읍읍읍!"

몸부림치는 감시자에게 다가간 정우찬은 그녀의 귀에 대고 작게 중얼거렸다.

"그렇게 비명 지르지 않아도 된다고. 나중에 실컷 비명 지르게 해 줄 테니까. 지금 비명 지르면 그 시간이 그만큼 늘어날 거야. 이따 즐겨야 하는데 벌써부터 지르지 말라고. 난 목이 쉰 여자는 딱 질색이거든. 그럼 더더욱 괴롭히고 싶어져."

비명이 딱 멈추더니 그 여자가 깔고 있던 이불이 축축하게 젖어들기 시작했다. 노형진은 그걸 보고 기가 막혀서 입이 떡 벌어졌지만 이렇게 된 거, 놀 수는 없었다.

"빨리 움직여요. 빨리."

좋은 것은 기왕 걸렸으니 아주 대놓고 움직일 수 있었다는 것이다. 채 10분도 안 되서 피해자들이 모조리 탈출하기 시작했고, 그사이 정우찬은 방마다 돌아다니면서 감시자들을 협박했다. 그러자 마치 마법처럼 다들 공포에 떨 뿐, 말을 하지 못했다.

"가시죠."

정우찬은 그런 그들을 각 방마다 따로 묶어 놓고서 바로 탈출로 쪽으로 돌아왔다.

"아니, 도대체 그런 소리를 왜 한 겁니까?"

"그냥, 시끄럽더군요. 그렇게 하면 입을 닥칠 것 같았습니다."

무심하게 말하는 그를 보면서 노형진은 살짝 소름이 돋았다.

'역시……'

소시오패스라서 그런 걸까? 본능적으로 상대방이 무서워할 말을 생각한 것이다.

'각방에 묶어 둔 것도 그렇고…….'

저렇게 눈과 귀와 입을 막은 채로 묶어서 각각의 방에 두면 그들은 밤새도록 공포에 떨 것이다. 아마도 그걸 풀고 교단에 이야기하는 것을 꿈도 꾸지 못할 것이다.

"강간하겠다고 하지 않은 게 다행이군요. 하아."

"그다지 하고 싶은 생각은 없습니다만 확실히 좋은 방법입니다. 변호사님, 강간하고 동영상을 찍어 올까요? 그러면 입도 뻥끗 안 할 텐데요."

"무서운 소리 하지 마세요."

진짜로 핸드폰을 주섬주섬 챙기는 그를 보고 노형진은 깜짝 놀라면서 말렸다. 안 그러면 진짜로 실행할지도 몰랐기 때문이다.

"일단은 우리가 할 게 많습니다. 당장 가족들을 대피시켜야 하는데 인원이 부족해요."

"알겠습니다."

소시오패스는 무조건 안 된다고 하면 불만을 가진다. 납득시켜야 한다. 그렇기 때문에 노형진은 그들에게 이유를 설명했고 그들은 고개를 끄덕거렸다.

'이거 위험한데?'

직접 관리하는데도 아직까지 저 상태라는 것에 노형진은 살짝 걱정되었다.

'그래, 일단은 나중에 해결하고…….'

"빨리 움직여요! 어서!"

그렇게 오밤중의 탈출극은 끝맺고 있었다.

⚖️

"가족들은 탈출시켰습니다."

일단 피해자들을 탈출시키고 난 후에 가장 먼저 한 일은 주소지를 알아내서 가족들에게 데려다준 것이었다. 그 후에 그들을 바로 대피시켰다.

"반응은요?"

"난리가 났습니다. 감시 팀이 왔다가 사태를 확인하고는 주변을 뒤지고 있습니다."

"뒤진다고요?"

"네."

"좀 곤란하군요."

누군가 탈출시켰다는 것쯤은 알 것이다. 그런데도 찾아다닌다는 것은 쉽게 포기하지 않겠다는 뜻이다.

"쉽게 포기할 생각이 없나 보군요."

시커먼 녀석들이 몰려와서 겁을 주면 사람은 당연히 도망가기 마련이다. 즉, 그들이 돈을 벌기 위해서는 타깃을 유인할 일종의 미끼가 필요한 셈.

'그리고 피해자들에게 미끼 노릇을 시켰단 말이지.'

사실 처음에는 그냥 구조만 해 주고 끝내려고 했다. 다른 사람이 끼어들어서 구조 작업까지 한 걸 알면 보통은 포기하기 마련이기 때문이다.

　　하지만 상대방은 포기하지 않는 것 같으니, 결국 방법은 하나뿐이었다.

　　"포기하지 않는다면 강제로 포기시키는 수밖에요."

　　노형진은 굳은 결심을 하면서 주먹을 꽉 쥐었다.

다음 권으로 이어집니다

중걸 신무협 장편소설

일평

**본격 실존 무협!
숨겨져 있던 진짜 영웅이 온다!**

명明 말, 무적함대로 대해의 해적들을 휩�쓴 **칠해비룡!**
철마류로 천하를 경동시킨 그의 실체가 드러난다!

지각한 부하들 빡 세게 굴리기
과부가 된 상관의 딸 보쌈해서 구해 내기
수많은 무인을 벤 흉적 생포
흉악한 간웅의 마수로부터 복건 무림 구하기

고강한 무공과 원대한 꿍꿍이(?)를 감추고
평범한 척 살아가던 일평
소박하게, 되는대로 살던 그의 삶이
새해를 맞아 모험으로 뒤덮이는데……

사소하고, 괴상하고, 거창한 문제들
무엇이든 상관없다, **일평**이 나서면!